Reinhard Schreiber · *Begegnung in Weimar*

AF219302

Reinhard Schreiber

Begegnung in Weimar

Zacharias Taurinius
trifft
Johann Wolfgang von Goethe

Novelle

FSC
www.fsc.org
MIX
Papier aus ver-
antwortungsvollen
Quellen
Paper from
responsible sources
FSC® C105338

Bibliographische Information der Deutschen Nationalbibliothek:
Die Deutsche Nationalbibliothek verzeichnet diese Publikation in
der Deutschen Nationalbibliographie; detaillierte bibliographische
Daten sind im Internet über hppt://dnb.dnb.de abrufbar.

Herstellung und Verlag:
BoD – Books on Demand, Norderstedt

ISBN: 9-783752608175

Inhalt

Anhang

Mein besonderer Dank gilt Herrn Alexander Gregorius für die freundliche Unterstützung bei der Lösung von EDV-technischen Problemen, die mit der Herstellung dieses Buchs verbunden waren. *R.S.*

2001

Der Biedermeier-Sekretär

Es ist ein milder beschaulicher Herbstnachmittag. Ein duftig-blauer Himmel ruht hoch über kupferroten Baumkronen. Kaum merklich zieht ein frischer Lufthauch durch die Straßen von Weimar, in denen reges und dennoch fast lautloses Treiben herrscht. Bisweilen dringt gedämpftes Lachen aus den Straßen-Cafés der Altstadt – man genießt allenthalben den Goldenen Oktober.

Wilhelm Sartorius, Studiendirektor a.D., schlendert gemächlich durch die Altstadt. Die Hände halten, im Rücken verschränkt, einen eleganten Flanierstock aus poliertem Mahagoni mit Silberknauf, den er von seinem Vater geerbt hat und eher aus Gewohnheit mit sich führt, als dass er ihn jemals wirklich benutzt hätte. Wenn das Wetter dazu einlädt, führen seine Spazierwege vorbei an den historischen Gebäuden und Stätten, die im 18. und 19. Jahrhundert ihre große Zeit gehabt hatten. Im vergangenen Jahr war er in den Ruhestand getreten, nachdem er vier Jahrzehnte lang die Fächer Deutsch, Geschichte und Geografie am Wilhelm-Ernst-Gymnasium unterrichtet hatte, das man vor zehn Jahren im Zuge der deutschen Wiedervereinigung in Goethe-Gymnasium umbenannt hat.

Gegenüber der klassizistischen Fassade des Hoftheaters macht er bisweilen am Steinsockel Rast, auf dem die Bronzefiguren von Goethe und Schiller stehen und in weite Fernen blicken. Er schaut eine Weile zu den bei-

7

den Dichterfürsten empor und hebt, bevor er weitergeht, die Hand leicht wie zum Gruß. Über den Frauenplan mit Goethes Wohnhaus wendet er sich zum Stadtschloss und kommt mitunter am Hotel *Elephant* vorbei, wo sich der Geheimrat einst mit seinen Freunden zu einer Art literarischem Stammtisch zu treffen pflegte. Ein anderer Spazierweg führt ihn am Roten, Gelben und Grünen Schloss vorbei, und an Tagen wie diesem besucht er auch schon mal das Gartenhaus im Park an der Ilm, das Goethe bewohnt hatte, bevor er das Haus am Frauenplan bezog.

Wenn das Wetter weniger zum Bummeln einlädt, besucht er die ehrwürdige Bibliothek der Herzogin Anna Amalia, um dort in alten Schriften oder Büchern etwas nachzulesen, oder auch nur, um das großartige Ambiente der historischen Räume zu genießen. Wenn es nicht schon zu spät am Tag ist, beendet er seine Runde nie, ohne bei einem der Trödler in den schmalen Gassen der Innenstadt vorbeizuschauen. Dort sieht er sich nach kleineren Objekten aus den Anfängen des 19. Jahrhunderts um und hat im Laufe der Zeit schon allerlei Figuren und Gefäße aus Meissener Porzellan, Leuchter aus Zinn, Messing oder Silber, edel gestaltete Gemmen und so manche alte Münze erstanden.

Wenn er früher solch ein Fundstück mit nach Hause brachte, schlug seine Frau jedes Mal mit verzweifeltem Augenaufschlag die Hände über dem Kopf zusammen. Dabei beklagte sie lauthals die künftige Mühsal beim Staubwischen, obwohl all diese Stücke in einer Vitrine aufbewahrt wurden und somit weitgehend vor Staub geschützt waren. Als ihr Mann vor einiger Zeit voller Stolz eine Miniatur mit einer Marktszene in Öl anschleppte, die eindeutig mit *C. Spitzweg* signiert war, wich ihr Widerstand sprachloser Resignation und sie tolerierte fortan kommentarlos dieses Steckenpferd des Gatten.

Heute schaut Wilhelm Sartorius bei Georg Buchwaldt herein, einem älteren Trödler in der Marktstraße, den er bereits seit vielen Jahren kennt und mit dem er ab und zu ein Schwätzchen hält. Dieses Mal sind zwar keine Neuzugänge an Antiquitäten zu begutachten, aber der alte Herr berichtet, er habe im Magazin, wie er sein Lager im Hinterhof nennt, ein Möbelstück wiederentdeckt, das er schon fast vergessen hatte. Er geht mit Sartorius über den Innenhof zu einer Scheune, die früher wohl als Remise gedient hatte, öffnet das große Tor und knipst eine schwache Pendellampe an. Aus einer dunklen Ecke holt er ein schlichtes Stehpult ans Licht und erklärt, sein Vater habe ihm ein paar Mal erzählt, der Urgroßvater habe dieses nach Mitte des 19. Jahrhunderts bei einer Haushaltsauflösung in ebendieser Straße erworben. Es sei zwar nur aus Fichtenholz, aber solide gearbeitet und gut erhalten. Er könne ihm auch, da sich nie ein Kunde dafür gefunden habe, einen guten Preis machen.

Sartorius sieht sich das gute Stück, das zweifellos aus der Biedermeier-Zeit stammt, gründlich an und findet außer kleineren Gebrauchsspuren nichts, was ernstlich zu beanstanden wäre. Als er das Möbelstück leicht kippt, um den Unterboden zu inspizieren, ist im Fach unter der schrägen Schreibfläche ein leises Rollen und Klappern zu hören. Zum Schloss an der Vorderseite fehlt allerdings der Schlüssel, wie der Trödler mit Bedauern anmerkt, aber er wisse einen alten Schlossermeister, der sich mit antiken Verriegelungen gut auskenne.

9

In der Hoffnung, im Inneren des Sekretärs vielleicht noch ein paar kleinere Objekte aus der Biedermeier-Epoche vorzufinden, schätzt Sartorius kurz die mögliche Reaktion seiner Gattin ein und wird schließlich mit Buchwaldt handelseinig. Am folgenden Tag liefert der Trödler das Stehpult auf einer Karre an und teilt mit, er habe dem Schlosser bereits Bescheid gegeben. Als die zierliche Antiquität nach reiflicher Überlegung dann im Wohnzimmer neben dem Fenster einen würdigen Platz gefunden hat, bleibt Frau Sartorius stumm und straft den Neuling durch Nichtbeachtung.

Tags darauf erscheint der bestellte Handwerker mit einem guten Dutzend alter Schlüssel, die an einem eisernen Ring hängen, besieht zunächst unter leichtem Kopfwiegen das Schlüsselloch und beginnt dann, ein paar seiner antiken Mitbringsel auszuprobieren. Beim fünften ist ein leises Knacken zu vernehmen – und wie von Zauberhand lässt sich der Deckel vom Fach darunter hochheben. Sartorius dankt dem Sesam-öffne-dich-Magier überschwänglich, erteilt ihm den Auftrag, einen Schlüssel mit passendem Bart anzufertigen, und entlohnt ihn mit einem angemessenen Honorar.

Dann macht er sich daran, den Inhalt des Sekretärs zu inspizieren. Die tags zuvor beim Kippen wahrgenommenen Geräusche rühren von allerlei Schreibutensilien. Er findet ein paar alte Federkiele und einige Stahlfedern mit Halterung, ein kleines Messer zum Anspitzen der Kiele und zum Wegschaben von Schreibfehlern, ein verkorktes Glasgefäß mit vertrockneter Tinte, eine Dose mit feinem Streusand zum Löschen und ein paar leere Bögen von Büttenpapier.

Ganz hinten aus dem Fach holt er ein verschnürtes Aktenbündel mit der Aufschrift *Taurinius* hervor und ein Büchlein, dessen Pappdeckeleinband mit braun-marmoriertem Leimpapier kaschiert ist. Er schlägt es auf und findet als erstes den Kupferstich mit dem Porträt eines Mannes in Form eines ovalen Medaillons und darunter in schwungvollem Schriftzug den Namen *Z. Taurinius*. Am unteren Bildrand erkennt er ein winziges *Rahl fecit*, was wohl die Signatur des Kupferstechers ist. Auf der Seite gegenüber ist – gleichfalls in Kupfer gestochen – als kalligrafisches Frontispiz der Titel des Büchleins zu lesen mit folgendem Wortlaut:

Lebensgeschichte und Beschreibung der Reisen
durch Asien, Afrika und Amerika
des Zacharias Taurinius, eines gebornen Ägyptiers.

Nebst einer Vertheidigung gegen die
wider ihn in verschiedenen gelehrten Zeitungen
gemachten Ausfälle, vorzüglich in Rücksicht der unter
dem Nahmen Damberger von ihm herausgegebenen
Landreise durch Afrika.

Leipzig
in Joachims literarischen Magazin.

Sartorius blättert voller Neugier weiter und findet als nächstes einen kurzen *Vorbericht*, in dem ein offenbar damit beauftragter Dritter als Inhalt dieses Buchs eine ausführliche Neubearbeitung früherer Reiseberichte ankündigt. Des Weiteren weist er auf eine Rechtfertigung des Autors gegenüber irgendwelchen Kritikern im Anhang hin. Ein paar kunstvolle Schachtelsätze lassen eine

11

nicht ganz einfache Lektüre befürchten. Unterzeichnet ist dieses ungewöhnliche Vorwort aber nicht namentlich, sondern anonym mit *Der Bearbeiter* und datiert mit *Prag, am 20. May 1803.*

Diese verwunderliche Präambel macht Sartorius ebenso stutzig wie gespannt. Er beschränkt sich aber bewusst darauf, nur noch die nachfolgende Inhaltsübersicht zu überfliegen, die in zwei Abteilungen gegliedert ist: einen *Ersten Theil* mit sieben und einen *Zweyten Theil* mit vier Hauptkapiteln, das Ganze auf etwas mehr als vierhundert Seiten. Die Untertitel lassen erkennen, dass die erste seiner Seereisen den Verfasser nach Ostindien, China und Japan führte, die beiden nächsten nach Süd- und Nordamerika und die letzte nach Fernost und Afrika. Am Ende findet sich ein *Nachtrag* mit einer *Vertheidigung gegenüber den Rezensenten.*

Da ein Zusammenhang zwischen dem Buch und dem umfänglichen Aktenpaket mit der Aufschrift *Taurinius* zu vermuten ist, löst Sartorius erwartungsvoll die seitlichen Bänder und findet zwischen den Pappdeckeln ein Konvolut von über dreißig durchnummerierten handschriftlichen Dokumenten vor. Zuoberst liegt ein Brief, überschrieben mit *Werther Herr Eckermann* und unterzeichnet mit *J. W. von Goethe*, datiert auf *Weimar, den 30. May 1823.* Zuunterst findet sich eine ausführliche Tagebuchnotiz und ein kurzes *Postscriptum*, signiert mit *Johann Peter Eckermann* und datiert mit *Weimar, am Mittwoch, den 28ten März 1832.* Eine stichprobenartige Überprüfung ergibt, dass die Blätter akribisch in chronologischer Reihenfolge abgelegt sind.

Wilhelm Sartorius ist wie elektrisiert. Ihm wird bewusst, dass er nicht nur mit hoher Wahrscheinlichkeit vor dem originalen Stehpult von Johann Peter Eckermann steht, der bekanntlich Goethes Nachlass geordnet und verwaltet hat, sondern dass er offenbar auch auf einen hochkarätigen literarischen Fund gestoßen ist. So sehr ihn auch die sofortige Durchsicht der handschriftlichen Dokumente reizt, nimmt er sich vor, in den bevorstehenden Wintermonaten zunächst die Lektüre der Reiseberichte des Taurinius in Angriff zu nehmen. Erst danach will er die Manuskripte sichten und sie als Transkript in seinen Rechner eingeben, den er seit dem Ende seiner beruflichen Zeit nicht mehr benützt hat. Nachdem er ihn schon ausmustern wollte, ist er jetzt heilfroh, ihn weiter zur Verfügung zu haben.

2002

Das Leben des Zacharias Taurinius

Der Februar geht mit ein paar grämlichen Nieseltagen seinem Ende zu. An einem kalten grauen Morgen wacht Wilhelm Sartorius erst sehr spät auf. Er hat sich am Vorabend die letzten Seiten der Taurinius-Reisen vorgenommen und erst weit nach Mitternacht die Lektüre des Werks abschließen können. Ihm schwirrt noch der Kopf von den spannenden Berichten des Abenteurers, den er in den vergangen Wochen quasi auf seinen Weltreisen begleitet hat. Bisweilen hat er sich mit dem Autor fast identifiziert und von einigen der Episoden sogar nachts geträumt. Draußen bleicht der Tag dahin, und von fern dringt dünnes Mittagsläuten durch den zähen Nebel. Dies ist wahrlich kein Tag zum Spazierengehen, sondern allenfalls dazu geeignet, in der warmen Stube bei einer Tasse Tee entspannt vor sich hin zu meditieren.

Da seine Frau bereits zu Besorgungen außer Hauses ist, hat Sartorius die nötige Muße, in Gedanken zu repetieren, was ihm von der autobiographischen Erzählung als besonders bemerkenswert in Erinnerung geblieben ist. Als anstrengend hat er unter anderem die zahlreichen Fußnoten empfunden, von denen sich einige über Seiten hinziehen. Er hat aber keinen wirklichen Grund gefunden, an der Wahrhaftigkeit der Berichte zu zweifeln, und ist überzeugt, dies alles könne sich tatsächlich so zugetragen haben, wie es geschildert ist. Bei der Kritik der am Schluss zitierten Rezensenten, die sich vorrangig auf die Afrika-Expedition bezieht, hat er das Gefühl, dass

14

hinter deren Anfeindungen eher eine Art akademischer Futterneid als wirkliche sachliche Kompetenz stecken könnte. Er greift nach dem Notizblock, in dem er sich – wie zu beruflichen Zeiten – beim Lesen ab und zu ein paar Stichworte zur Chronologie der Ereignisse vermerkt hat, und versucht, sich die wechselvolle Biographie dieses Weltreisenden nochmals vor Augen zu führen.

Nach eigenen Angaben wird der Autor im Jahr 1758 als Sohn des Tuchhändlers und koptischen Christen Musta Stirich in Kairo geboren. Im Alter von sechs Jahren nimmt ihn sein Vater mit auf eine Reise durch Osteuropa und Deutschland, die der Eintreibung von Außenständen säumiger Kunden dienen soll. Dabei werden die Beiden in Fürth bei Nürnberg ansässig und konvertieren zum evangelischen Glauben. Im Alter von acht Jahren wird der Knabe auf den Namen *Zacharias* getauft und danach eingeschult. Bei dieser Gelegenheit bekommen Vater und Sohn von Amts wegen den Familiennamen *Taurinius*, wohl abgeleitet vom lateinischen *taurus* für Stier, indem man offenbar den Namen des Vaters, *Stirich*, großzügig latinisiert.

Mit zehn Jahren erhält der aufgeweckte Junge im Hause eines Gönners Privatunterricht, wird aber nach kurzer Zeit von seinem strengen Vater als Gehilfe in dessen Wollhandlung zurückgeholt. Nach der Konfirmation mit elf Jahren darf er eine Lehre als Buchdrucker beginnen, die ihn mehr begeistert als die Tätigkeit im väterlichen Geschäft. Dieser hat drei Jahre zuvor eine reiche Witwe geheiratet, die allerdings, als der Junge dreizehn ist, bei einem Brand im Wohn- und Geschäftshaus der Familie auf tragische Weise ums Leben kommt. Im Jahr darauf

15

heiratet der Vater eine um einunddreißig Jahre jüngere Frau, die ihrem Stiefsohn äußerst zugeneigt ist. Mit vierzehn Jahren kann Zacharias seine Lehre in der Buchdruckerei frühzeitig beenden und verlässt zum Leidwesen des Vaters das elterliche Zuhause unter dem Vorwand, die für Gesellen vorgeschriebene dreijährige Wanderschaft ableisten zu müssen. Anstatt jedoch seine Condition als Buchdruckergeselle anzutreten, schlägt er sich, seinem Fernweh folgend, unter großen Entbehrungen nach Hamburg durch und schifft sich dort, bedrängt von professionellen Anwerbern, den sogenannten Seelenverkäufern, nach Amsterdam ein. Über London reist er als Hilfsmatrose nach Fernost, wo er im Comptoir des Gouverneurs von Madras eine Anstellung in der dortigen Druckerwerkstatt findet.

Mit achtzehn Jahren kommt er, verdingt als Steuermann, nach Batavia, Japan, China, Indonesien und Ceylon, wobei er einiges an Abenteuern zu bestehen hat. Als Dreiundzwanzigjähriger kehrt er nach Europa zurück, um sich dann von Holland aus nach Surinam in Südamerika einzuschiffen, wo er als gedungener Aufseher schlimmste Sklavenarbeit aus nächster Nähe miterlebt. Im Jahr darauf fährt er – kriegsbedingt über Kapstadt – wieder nach Holland zurück und nimmt von da aus in der Hoffnung, in Nordamerika Arbeit als Buchdrucker zu finden, eine Passage nach Boston. Dort angekommen, wandert er zu Fuß über Cambridge und New York nach Philadelphia, ohne allerdings einen Arbeitsplatz zu finden. Wegen knapper Mittel muss er, um zu überleben, als Fünfundzwanzigjähriger in Neufundland französische Marinedienste annehmen und wird dabei auch in Seegefechte verwickelt. Als Gefangener der Engländer nach Plymouth überführt, gelangt er von dort nach Übertritt zur englischen Marine nach Bombay. Im Jahr nach seiner Ankunft glückt es ihm, an einer Expedition ins Innere Persiens teilzunehmen.

Auf dem Rückweg nach Europa verliert er als Siebenundzwanzigjähriger bei einem dramatischen Schiffbruch am Kap der Guten Hoffnung seine gesamte Habe und entschließt sich kurzfristig, eine Expedition ins Landesinnere von Afrika zu unternehmen. Die meisten Strecken muss er zu Fuß bewältigen und kann erst, als er den Nil erreicht, für die letzte Etappe ein Boot benutzen. Zusammen mit seinem Begleiter *Dr. Kleising*, einem Arzt aus Irland, übersteht er dabei eine Reihe lebensbedrohlicher, aber glimpflich verlaufender Abenteuer. Dabei treffen die beiden bisweilen auf feindlich gesinnte, aber auch auf freundliche Eingeborene, erleben große Stammesfehden, missliche Gefangenschaft und bittere Sklaverei sowie gefährliche Begegnungen mit wilden Tieren. Schließlich erreicht Taurinius mit neunundzwanzig Jahren seine Geburtsstadt Kairo, wo er durch einen wundersamen Zufall eine seiner beiden Schwestern wiedersehen kann. Seinen Plan, von dort aus mit dem Schiff direkt nach Europa zurückzureisen, muss er wegen widriger Umstände aufgeben und ist gezwungen, auf dem Landweg nach Südafrika zurückzukehren. Nach drei Jahren mühevoller Wanderung trifft er wieder in Kapstadt ein und kann sich schließlich als zusätzlicher Steuermann für eine Passage nach Holland verdingen. Dort langt er Mitte 1790 an und nimmt nach achtzehn Jahren endgültig seinen Abschied von der Seefahrt.

17

Seine anschließende Suche nach einer Arbeitsstelle als Buchdrucker führt ihn kreuz und quer durch Europa, ist aber, was die Dauerhaftigkeit der Anstellung betrifft, wenig erfolgreich. Mit dreiunddreißig Jahren heiratet er schließlich eine junge Frau, die seine wirtschaftlichen Engpässe mit aufopfernder Geduld mitträgt. Von seinen sieben Kindern sterben zwei an hochfieberhaften Erkrankungen, deren Behandlung ihm seinen letzten Groschen kostet. Um seiner Familie ein leidliches Auskommen zu sichern, entschließt er sich, die Berichte über seine Reisen zu veröffentlichen. Diese rufen beim Publikum ein beachtliches Echo hervor, bringen dem Autor allerdings, wie im *Nachtrag* seiner Reiseberichte ausgeführt, auch Zweifel und Kritik namhafter Rezensenten ein. Dies macht ihm sehr zu schaffen und gibt ihm mehrmals Anlass zu mühseligen Rechtfertigungen.

Diese aufwühlende Lebensgeschichte beschäftigt Willhelm Sartorius noch den ganzen Tag. Als sich am späten Nachmittag die Nebel etwas zu lichten beginnen, sucht er einen befreundeten Buchhändler auf und zeigt ihm sein bibliophiles Fundstück. Dieser meint, den Namen *Taurinius* schon einmal gehört zu haben, und will versuchen, weitere Erkundigungen einzuholen. Bereits nach zwei Tagen meldet er sich hocherfreut am Telefon, er habe bei Anrufen in verschiedenen Institutionen in Erfahrung gebracht, an der Bibliothek für Reiseliteratur in Eutin und an der Universität Göttingen seien Werke von *Zacharias Taurinius* und seinem vermutlichen Pseudonym *Chistian Friedrich Damberger* auf Mikrofilm gespeichert und überdies auch im Internet abrufbar. Die Bücher seien in der Zeit zwischen 1799 und 1804 in vier Verlagen erschienen, drei davon ansässig in Leipzig und

18

einer in Wien. Als Übersetzungen hätten sie auch in Frankreich, England und Amerika reißenden Absatz gefunden. Als Stichprobe habe er sich den Text der ersten Ausgabe von 1799 aus dem Netz heruntergeladen, dessen Vorwort der Verleger Jakobäer selbst verfasst hat. Beim diagonalen Lesen der ersten Seiten habe er zufällig einen Hinweis gefunden, wonach Jakobäer den Autor der Reiseberichte persönlich gekannt haben will, denn dieser habe früher sogar bei ihm gearbeitet. Von dieser Textstelle habe er einen Ausdruck gemacht und könne ihn Sartorius gerne zukommen lassen. Der dankt dem Buchhändler aufrichtig für seine erfolgreiche Recherche und will die Kopie in den nächsten Tagen abholen, um sie in der Eckermannschen Taurinius-Akte abzulegen.

Diese positive Rückmeldung motiviert Wilhelm Sartorius, als nächstes umgehend die Lektüre und Transkription der Eckermann-Dokumente in Angriff zu nehmen. Entsprechend der vorgegebenen chronologischen Ablage nimmt er sich als erstes den Brief von Goethe an Eckermann aus dem Jahr 1823 vor. Anfangs tut er sich etwas schwer mit der ungewohnten Kurrentschrift, liest sich dann aber allmählich ein und kommt auch mit der Eingabe in den Rechner zunehmend besser zurecht. Orthografische Eigenheiten belässt er unverändert und übernimmt ungewohnte stilistische Besonderheiten wörtlich, selbst wenn sie bisweilen missverständlich klingen. Einige Fremdwörter, Begriffe und Namen, die offenbar bewusst in lateinischer Schrift wiedergegeben sind, setzt er in Kursivschrift, ebenso die von ihm selbst formulierten Dokumententitel. Er korrigiert nur Schreibfehler, welche eindeutig als Flüchtigkeitsfehler zu erkennen sind, und ergänzt allenfalls fehlende Interpunktionen.

Eckermann trifft Goethe
1823

1

Brief von Goethe an Eckermann, Weimar, 30. Mai 1823

Werther Herr Eckermann

Ich danke Ihnen für Ihre Depesche aus Hannover mit der Zusendung Ihrer Abhandlung *Beyträge zur Poesie mit besonderer Hinweisung auf Goethe*, die ich mit Wohlwollen und Zustimmung gelesen habe.
Des fortschreitenden Alters wegen habe ich vor Jahren meinen früher geübten Brauch aufgegeben, junge Leute zu empfangen, die mich um eine Beurtheilung ihrer Schriften baten. In Ihrem Fall will ich eine Ausnahme machen, indem ich bei Ihnen Talent sehe.
Ich erwarte Sie am Mittwoch, den 11. Juni, zum Mittagsmahl in meinem Haus am Frauenplan.
Als Unterkunft empfehle ich Ihnen das nahe gelegene Gasthaus *Alexander-Hof.*

Weimar, den 30. May 1823
J. W. von Goethe

2

Tagebuchnotiz von Eckermann, Weimar, 11. Juni 1823

Gestern von Göttingen her mit dem Eil-Courier hier angekommen und im *Alexander-Hof* abgestiegen.

20

Angenehme Wirthsleute, gute Küche, gemüthlicher
Gastraum und saubere Fremdenzimmer.
Heute Mittag habe ich mich bei Geheimrath von Goethe
eingefunden und wurde freundlichst empfangen.
Zuvörderst wollte er einiges über meine Herkunft wissen
und schien von meyner Schilderung beeindruckt.
Ich begann mit der Hinweisung, ich sey in bescheydenen
Verhältnißen zu Winsen an der Luhe aufgewachsen,
meynem Heimathort, den ich ihm mit südlich von
Hamburg gelegen angab. Weyters wollte er allerley
wissen über meyne Thätigkeiten als Amts- und
Magistratsschreiber auf meynem beruflichen Weg in
Richtung Süden, den ich über Lüneburg, Uelzen,
Bevensen und Hannover nach Göttingen genommen
hatte.
Nach einem frugalen Mittagsmahle stellte er mir die
überraschende Frage, ob ich mir vorstellen könne, meyn
Studium der Philologie und Rechtswissenschaft, das ich
in Göttingen aufgenommen hatte, zu unterbrechen und
mich mit der benöthigten Ordnung seyner literarischen
Schriften und Werke zu befassen.
Bey diesem unerwarteten Angebot fehlten mir zunächst
die Worte, doch fühlte ich mich davon höchst geehrt und
akceptirte es spontan, nachdem einige Erläuterungen zu
Art und Umfang der Arbeiten gegeben waren.
Der Geheimrath wies beyläufig darauf hin, er könne mir
dafür zwar keyn Entgelt versprechen, werde sich aber für
eine Stelle als Hauslehrer des Erbprinzen Carl Alexander
oder als Bibliothekar bey der Großherzogin Pawlowna
einsetzen. Er schlug mir vor, mich in zwey Tagen wieder
zur gleichen Zeit hier einzufinden. Wenn ich meyner
Entscheidung sicher sey, könnten wir über die Arbeiten

21

sprechen, die ich während seynes bevorstehenden
Sommerurlaubs in Böhmen erledigen könne.
Ich nahm in Hochstimmung Abschied und war
insgeheym stolz darauf, dem großen Dichter auf diese
Weise nützlich seyn zu dürfen.
Um eine Übersicht zu gewinnen, welche Aufträge ich
erhalten und ausführen werde, wird es sicher von Nöthen
seyn, bey allen Treffen Protokolle anzufertigen in Art
von Tagebuchnotizen, um dem Geheimrath über den
Zeitpunkt der Erledigung seyner Aufträge und deren
Ergebnisse stets Rede und Antwort stehen zu können.

Weimar, am Mittwoch, den 11ten Juni 1823

3

Tagebuchnotiz von Eckermann, Weimar, 13. Juni 1823

Heute Mittag bey Goethen gespeyst. Es wurde, indem es
Freytag war, ein vorzüglicher Fisch gereicht mit einem
Gläschen weißen Weins.
Danach machte er mich mit den geplanten Arbeiten
vertraut, und zwar mit der Sichtung und Ordnung seyner
Beyträge in den Heften von *Kunst und Alterthum.*
Er gab an, während seynes Aufenthalts in Marienbad,
der voraussichtlich bis zum September andauern werde,
stehe mir hiezu eine Unterkunft in Jena bey seynem
Freund Doctor Weller zur Verfügung, wo ich in aller
Ruhe arbeiten könne und vollständig versorgt seyn
werde. Ich könne in Jena verweylen bis zu seyner
Rückkehr nach Weimar, wo er mich dann zum Rapport
wiedersehen möchte.

Zum Abschied wünschte ich ihm eine für Körper und Geist erholsame Zeit in Marienbad, die seynem Wohlseyn in allen Belangen zuträglich seyn möge, und versicherte ihm, ich freue mich bereits jetzt auf ein glückliches Wiedersehen im Herbst.

Weimar, am Freytag, den 13ten Juni 1823

4

Tagebuchnotiz von Eckermann, Jena, 25. Juni 1823

Habe gestern einen ersten Bericht an Goethen nach Marienbad geschickt, wie gut ich alles hier in Jena angetroffen habe. Leider war Doctor Weller wegen eines Augenleidens unpäßlich, sodaß seyn Freund Doctor Meyer es übernahm, alles zu erledigen, was für meyne ungestörte Beschäfftigung von Nöthen war. Vorgestern brachte er mich in seinem hübschen Gartenhaus unter, wo ich bei guter Lufft und in aller Muße arbeiten kann. Wenn ich gut vorankomme, werde ich sicher auch einmal Zeit finden, mich in dieser reizenden Stadt umzusehen.

Jena, am Mittwoch, den 25ten Juni 1823

5

Goethe an Eckermann, Weimar, 17. Oktober 1823 – Billett durch Boten

Großherzoglich Sachsen-Weimarischer wirklicher Geheimrath und Staatsminister von Goethe

23

wünscht Herrn Eckermann heute um zwölf Uhr bei sich zu sehen und über die von ihm in Jena vorgenommenen Arbeiten unterrichtet zu werden.

6

Tagebuchnotiz von Eckermann, Weimar, 18. Oktober 1823

Gestern erschien ich zu Mittag bey Goethen und überreichte ihm vorab ein kurzes Dankgedicht, das ich ihm gewidmet und als Epigramm für meyne *Beyträge zur Poesie* vorgesehen habe.
Nach einem kleinen Mittagsmahl berichtete ich über die Durchsicht der elf Hefte von *Kunst und Alterthum* und die verbesserte Auffindbarkeit seyner Beyträge, zu deren Behufe ich ein Verzeichniß des Inhalts hergestellt hatte. Er zeigte sich damit recht zufrieden und sprach ein kurzes Lob aus mit der Hinweisung, ich hätte mich hiemit derartig bewährt, daß er mich mit weyteren Aufgaben in Bezug auf seyne Werke betrauen wolle. Dabey beschäftige ihn vor allem seyt langem die Frage, ob er seynen *Doctor Faustus* durch einen zweyten Theil erweitern solle. Er werde mir die entsprechenden Manuscripte in nächster Zeit vorstellen und die vordringlichsten der Schriftstücke zur Durchsicht übergeben.

Weimar, am Sonnabend, den 18ten October 1823

24

Der geheimnisvolle Besucher
1824

7

Goethe an Eckermann, Weimar, 20. März 1824 –
Billett durch Boten

Herr Eckermann wird auf Montag, den 22. März, um
12 Uhr freundlichst eingeladen zu einem kleinen
Mittagsmahl.
Ich will mit ihm über einen wunderlichen Fremden
sprechen, der sich vergangene Woche ohne Annoncirung
hier vorgestellt und als Weltreisender ausgegeben hat.

8

Tagebuchnotiz von Eckermann, Weimar, 22. März 1824

Heute kam Goethe gleich bey meynem Eintreffen auf
einen seltsamen Besucher zu sprechen, der sich vor einer
Woche ohne vorherige Anmeldung bey ihm eingefunden
hatte. Dieses Ereignis hatte ihn offenbar irritirt und in
den letzten Tagen sehr beschäftigt, wobey er auch jetzt
noch etwas aufgebracht wirkte. Weytere Aufklärung
behielt er sich jedoch vor bis nach der stärkenden
Mittagssuppe und berichtete daraufhin folgendes:
Der Fremde hatte sich bey ihm gemeldet und als
Zacharias Taurinius vorgestellt. Mit der Hinweisung,
er habe seyne *Italiänische Reise* mit Interesse gelesen,
habe er den Wunsch verspürt, ihren Verfasser kennen zu
lernen. Insonderheit wollte er von ihm wissen, ob er

denn allen erwähnten Personen auch wirklich begegnet sey und die beschriebenen Landesbräuche in der That selbst erlebt oder von einigen nur gehört habe.

Über solch ein Ansinnen war Goethe zwar entrüstet, behielt jedoch die Contenance und musterte seinen Besucher argwöhnisch. Dieser war von mittlerer Statur und dem Eindruck nach wohl um die sechzig Jahre alt. Das Gesicht war bartlos, die Haut wirkte dunkel und wie feyn gegerbt, die Haare waren kurz gehalten und zum Theil bereits grau, der Blick lebhaft, aber doch fest. Er trug einen Hut mit breyter Krempe, einen langen dunklen Staubmantel und ordentliche Stiefel, die gepflegt wirkten. Goethe entgegnete ihm, wie er zu solch kuriosem Zweyfel komme, und erfuhr sogleich von dem Fremden, er selbst sey weyt gereist, habe aber für seyne Berichte darüber einige Kritik ertragen müssen.

Der Geheimrath fragte ihn darauf, wo er denn schon gewesen sey, und bekam Erstaunliches zu hören.

Der Besucher berichtete, er sey mit vierzehn Jahren zur Seefahrt gegangen und zunächst nach Fernost in etliche Länder gereist. Nach seiner Rückkehr habe er von Holland aus zwey Mal eine Passage nach Amerika genommen in der Hoffnung, dort Arbeit als Buchdrucker zu finden. Nach einigen Abenteuern zurück in Europa, habe er sich wieder nach Fernost eingeschifft und sey auf dem Rückweg nach einem Schiffbruch südlich von Afrika nach Kapstadt gelangt. Von dort sey er zu einer Expedition ins Landesinnere aufgebrochen, die ihn bis nach Kairo geführt habe.

Als äußerst kuriosen Zufall deutete er seyne Entdeckung, daß er selbst 1786, i.e. im nähmlichen Jahre, als Goethe von Karlsbad aus nach Italien abgereist war, seyne Wanderung durch Afrika begonnen hatte.

Goethe gab an, er sey beeindruckt, jedoch nicht im
Stande, zur Verläßlichkeit der Reiseberichte ein Urtheil
abzugeben. Daraufhin überreichte Taurinius ihm ein
Büchlein mit der Hinweisung, es enthalte zum einen
seyne Reisebeschreibungen, zum anderen aber auch die
Nahmen und Anzweyflungen der Gelehrten, die ihm
Betrug vorgeworfen hätten. Er hoffe, der Geheime Rath
werde Zeit finden, dies alles nachzulesen. Er selbst
werde sich vielleicht übers Jahr oder auch später wieder
bey ihm melden, um Rede und Antwort zu stehen.
Ohne einen Einwand oder das Einverständniß Goethes
abzuwarten, verabschiedete er sich und verschwand
ebenso überraschend, wie er gekommen war.
Beym Gespräch über dieses seltsame Ereigniß wirkte
Goethe ungewohnt rathlos, wie ich ihn bisher noch nie
angetroffen hatte. Er meynte, daß er es seinem Alter und
seinem Augenlichte nicht mehr zumuten könne, das
ganze Buch zu lesen. Er habe lediglich das Verzeichniß
des Inhalts mit den Haupttiteln studirt und nur einiges
über die Anfeyndungen durch die Rezensenten im
Schlußkapitel nachgelesen. Sein heutiges Anliegen sey
es, ich möge die Reiseberichte durchsehen und, soweyt
es möglich sey, Nachforschungen anstellen zu
nahmentlich aufgeführten Personen.
Ich stimmte dem sogleich zu mit Hinweisung darauf,
daß diese Arbeiten, abhängig vom Umfang des Buchs
und den erforderlichen Correspondenzen, einige Zeit in
Anspruch nehmen könnten. Goethe wirkte erleichtert
und übergab mir das Büchlein, indem er in Aussicht
stellte, er wolle sich gegen Ende des Jahres nach dem
Stand meyner Nachforschungen erkundigen.

Weimar, am Mondtag, den 22ten März 1824

27

Die Reiseberichte
1825

9

Goethe an Eckermann, Weimar, 3. Januar 1825 –
Billett durch Boten

Herr Dr. Eckermann wird freundlich erwartet zum
Mittagsmahl am Dienstag, den 4. Januar.
Noch gut erholt vom Sommeraufenthalt in Böhmen und
nach einer kurzen Schwäche wieder voller Thatendrang
und Neugier hoffe ich, einiges über den Stand Ihrer
Ermittlungen zu den Taurinius-Reisen zu hören.

10

Tagebuchnotiz von Eckermann, Weimar, 4. Januar 1825

Habe Goethen heute bei bestem Wohlseyn angetroffen
und mit ihm zu Mittag gespeyst. Anschließend erstattete
ich den erwünschten Bericht über die Ergebnisse meyner
Lectüre und die ersten Nachforschungen zu nahmentlich
erwähnten Zeitzeugen.
Zunächst gab ich ihm die Bestätigung, daß alles über das
Leben des Taurinius, was er selbst von ihm gehört und
mir kurz wiedergegeben hatte, ebenso in dem Buch
geschildert sey. In Ergänzung theilte ich ihm mit, daß
seyn ungemeldeter Besucher 1758 in Kairo geboren war
und mit sechs Jahren von seinem Vater auf eine
Geschäftsreise nach Europa mitgenommen wurde.
Von dieser kehrten die beyden aber nicht mehr heym,
sondern wurden in Fürth bey Nürnberg seßhaft.

Dort wurde auch ihr arabischer in den deutschen Namen *Taurinius* umgewandelt. Zur Erinnerung fasste ich Goethen die wichtigsten Reiseziele und zahlreichen Abenteuer des Weltreisenden mit den Stationen in Ostindien, China und Japan zusammen, ebenso diejenigen in Süd- und Nordamerika. Dann ging ich etwas ausführlicher auf seyne letzte Reise nach Fernost ein, wo er an einer Expedition nach Persien zum Grabe des Xerxes theilgenommen hatte, und schilderte die Rückreise mit einer schweren Havarie am Kap der Guten Hoffnung, die ihn nach Kapstadt verschlug.

Von dort brach er nach kurzer Erholung mit einem Ochsengespann zu einer Expedition ins Landesinnere von Afrika auf. Außer einem Arzt aus Irland hatte er ein paar Eingeborene zur Begleitung, die er aber durch unglückliche Umstände nach und nach verlor, sodaß er und seyn ärztlicher Begleiter fortan den größten Theil der Reise alleyne und zu Fuß bewältigen mussten.

Erst, als sie nach unendlichen, bisweilen auch lebensbedrohlichen Mühsalen den Nil erreichten, konnten die beyden für die letzte Etappe ein Segelboot benutzen, um schließlich Kairo zu erreichen.

Durch einen glücklichen Zufall traf Taurinius dort eine seyner beyden Schwestern wieder, die er nicht mehr gesehen hatte, seitdem er als Kind mit seinem Vater seine Geburtsstadt verlassen und mit ihm die große Reise quer durch Europa angetreten hatte.

Ungünstige Umstände hinderten ihn und seynen Gefährten daran, von Kairo aus mit dem Schiff direkt nach Holland zurückzureisen, sodaß die beyden gezwungen waren, den äußerst mühsamen Rückweg nach Kapstadt vornehmlich zu Fuß anzutreten.

29

Dort angekommen, konnte sich Taurinius schließlich 1790 als zweyter Steuermann auf einem Segler nach Europa verdingen und nach seyner Ankunft in Holland endgiltig seynen Abschied von der Seefahrt nehmen. Die anschließende Suche nach einer Arbeitsstelle als Buchdrucker quer durch Europa verlief enttäuschend. Indem er mittlerweyle eine wachsende Familie zu ernähren hatte, entschloß er sich, in Erwartung eines hinreichenden Honorars seyne Reisen zu publiciren anhand von kurzen Aufzeichnungen, die er unterwegs angefertigt hatte.

An diesem Punkt meynes Berichtes meynte Goethe, bis hieher seyen es der Neuigkeiten genug für heute, und schlug vor, über meyne Nachforschungen zu Verlegern, Rezensenten und Zeitzeugen an einem weyteren Termin solle ich berichten, wenn die Ermittlungen sichere Ergebnisse gezeitigt hätten.

Ich theilte ihm noch mit, daß ich dem Principal der hiesigen Hoffmannschen Buchhandlung vor einiger Zeit das Taurinius-Buch vorgelegt habe und mit ihm wegen der Reiseberichte im Gespräch sey. Diesem ist der Name des Verfassers bereits seit langem geläufig, indem von Seiten der Kundschaft immer noch große Nachfrage nach seynen Reisebuch bestehe.

Er versprach mir, bey weyteren Verlegern anzufragen und mich zu unterrichten, sobald er etwas Hülfreiches in Erfahrung gebracht habe.

Weimar, am Dienstag, den 4ten Januar 1825

30

11

Brief von Buchhändler Hoffmann an Eckermann,
Weimar, 22. April 1825

Johann Wilhelm Hoffmann
Herzoglicher Hofbuchhändler zu Weimar

Werther Herr Dr. Eckermann

Meyne Nachforschungen zu den Taurinius-Reisen haben
bis dato folgende Ergebnisse gezeitigt:
Die Berichte wurden zunächst zu Leipzig verlegt, und
zwar 1799 bei Jakobäer, dann 1801 unter dem Namen
Damberger bei Martini und wohl 1803 in Joachims
Literarischem Magazin. Wegen anhaltender Nachfrage
der Leserschaft wurde 1804 eine letzte Ausgabe bey
Anton Doll zu Wien gedruckt.
Mit Ihrem Einverständniße habe ich gleichzeitig wegen
des Wohnsitzes von Herrn Taurinius nachgefragt, bin
aber von den drey Leipziger Verlagen negativ
beschieden worden. Lediglich von Doll zu Wien bekam
ich ein Billett mit der Empfehlung, derhalben zuvörderst
an der dortigen Kunstakademie nach Herrn Carl
Heinrich Rahl zu fragen, der für die letzte Ausgabe der
Reisen von 1804 einige Kupffern gefertigt hatte.
Ich hoffe, Ihnen hiemit nützlich gewesen zu seyn und
stehe Ihnen und Herrn Minister Goethe weyterhin
ergebenst zur Verfügung.

Postscriptum: Bey der Durchsicht meiner Bestände fiel
mir ein Büchlein in die Hand, das Sie und den Geheimen
Rath vielleicht interessiren könnte. Es hat den Titel

Spaziergang nach Syrakus und stammt von Johann Gottfried Seume, der hierin seyne Fußwanderung von Grimma in Sachsen nach Syrakus in Sizilien in den Jahren 1801 und 1802 beschreibt. Er bewältigte die ganze Strecke hin und zurück zu Fuß und benutzte nur ganz selten eine Kutsche. Ich habe den amüsanten Reisebericht für Sie zur gefälligen Einsicht zurückgelegt.

Weimar, den 22. April 1825

J. W. Hoffmann

12

Brief der Universität Göttingen an Eckermann, 28. Mai 1825

Georg-August-Universität zu Göttingen
Philosophische Fakultät

Werther Herr Dr. Eckermann

Zu Ihrer Anfrage wegen Herrn Professor Christoph Meiners bestätigen wir, dass dieser hier früher über Weltweisheit und Philosophie gelehrt hat.
Leider müssen wir Ihnen mittheilen, dass er im Jahre 1810 noch vor seyner Emeritirung im Alter von 63 Jahren verstorben ist.
Wir hoffen, Ihnen und Herrn Geheimrath von Goethe in dieser Angelegenheit behilflich gewesen zu seyn.

Göttingen, den 28. May 1825

F. W. Meyendorff
Registrator

32

13

Brief der Universität Jena an Eckermann, 2. Juni 1825

Alma Mater Jenesis / Fac. philosoph.

Herrn Dr. Eckermann

Auf Ihre Anfrage betreffend Professor Heinrich
Eberhard Gottlob Paulus theilen wir Ihnen mit,
dass dieser hier früher die Fächer Evangelische
Theologie und Orientalische Sprachen gelehrt hat.
Seit dem Jahre 1811 ist er an der Universität zu
Heidelberg thätig, die Ihnen über seynen Wohnsitz
sicher Auskunft geben kann.
Zu Ihrer Frage, ob Professor Paulus während seyner
Thätigkeit an unserer Universität auch Excursionen nach
Afrika unternommen hat, ist uns nichts bekannt.
Wir hoffen, Ihnen und Herrn Geheimrath von Goethe
hiemit zu Diensten gewesen zu seyn.

Jena, den 2. Juni 1825

Gg. A. Hohberg
Dokumentar

14

*Brief der Universität Heidelberg an Eckermann,
26. Juni 1825*

*Ruprecht-Karls-Universität zu Heidelberg
Theologische Fakultät*

Werther Dr. Eckermann

Zu Ihrer Anfrage können wir Ihnen bestätigen, daß Herr
Professor Paulus hier das Studienfach Evangelische
Theologie lehrt, und dürfen Ihnen mittheilen, daß er
gegenüber der Heiliggeist-Kirche seynen Wohnsitz hat.
Seyne Adresse ist: Brückenstraße Nro. 2.
Bey Rücksprache erklärte er sich damit einverstanden,
dass Sie wegen Ihrer Nachforschungen gerne mit ihm
direkt in Verbindung treten können.

Heidelberg, den 26. Juni 1825

J. G. Kellmann
Secretarius

15

*Brief von Professor Paulus, Heidelberg, an Eckermann,
12. Juli 1825*

*Ruprecht-Karls-Universität zu Heidelberg
Theologische Fakultät*

Herrn Dr. Eckermann

Auf Ihre Anfrage theile ich Ihnen mit, daß ich mich des
besagten Herrn Zacharias Taurinius sehr wohl entsinnen
kann.
Ich habe alle seyne seyt 1799 erschienenen Reiseberichte
kritisch gelesen und bin zum Schluß gekommen, dass sie
von anderen Publikationen abgeschrieben sind und der
Leser hiemit betrogen wird. Leider war es mir zeitlich
nicht möglich, weyter nach den vermuthlichen Quellen

34

zu forschen. Ich halte jedoch Expeditionen der beschriebenen Art und solchen Ausmaßes vom Grundsatz her für völlig undenkbar.

Im Jahr 1802 wurde meyn Collega Professor Meiners in Göttingen von Herrn Taurinius unangemeldet aufgesucht. Einer strengen Examination am Globus zeigte sich der angebliche Weltreisende in erstaunlicher Weyse durchaus gewachsen und irritirte damit den Professor, der dies in einem *Offenen Brief* in der *Göttingischen Literatur-Zeitung* allgemein bekannt gab.

Kurz darauf stellte sich Herr Taurinius auch bey mir vor und befragte mich, wie ich zu meynem Urtheile käme. Meyne Begründung wollte er nicht akceptiren und hat sich später nie mehr bey mir eingefunden.

Ich bin unverändert davon überzeugt, dass es sich bey diesem Menschen um einen Kompilator und Plagiator handelt, und sehe keynen Grund, von meyner früheren Beurtheilung auch nur um einen Deut abzuweichen.

Ich habe Zweyfel, ob Sie mit weyteren Nachforschungen Erfolg haben werden, da meyn Collega Professor Meiners bereits vor einigen Jahren verstorben ist.

Weitere namhafte Personen, die Herr Taurinius vielleicht in London getroffen haben könnte, wo er sich angeblich bey der *Afrikanischen Gesellschaft* vorstellen wollte, dürften schwerlich erreichbar seyn.

Heidelberg, den 12. Juli 1825

Heinrich Eberhard Gottlob Paulus
Professor für Evangelische Theologie

35

Verleger und Kritiker
1826

16

Tagebuchnotiz von Eckermann, Weimar, 8. Juli 1826

Habe vergangene Woche einen Termin bey Goethen
erbeten und konnte ihm heute zu Mittag einiges Neue
zu meynen Nachforschungen berichten.
Zunächst bestellte ich die aufgetragenen Grüße von
Herrn Hofbuchhändler Hoffmann und kam dann auf
die Verleger zu sprechen, bey denen die verschiedenen
Reiseberichte des Taurinius gedruckt worden waren.
Zur Person des Verfassers habe Herr Hoffmann auf
seyne Anfrage bey drey Leipziger Verlagen aber nur
wenig Hülfreiches erfahren, indem es keine Zeitzeugen
und nur wenige Unterlagen zu Honorarverhandlungen
gab. Lediglich der Verlag von Anton Doll zu Wien habe
ihm eine kurze Mittheilung zukommen lassen, der
Kupferstecher Carl Rahl habe das Frontispiz sowie
einige Illustrationen für die dort verlegte Taurinius-
Ausgabe angefertigt und sey noch heute als Lehrkrafft
an der Akademie der Bildenden Künste zu Wien thätig.
Überdieß hatte der Jakobäer-Verlag Herrn Hoffmann
mitgetheilt, im Vorwort der Leipziger Ausgabe von 1799
gäbe es eine Hinweisung, Taurinius sey dem Verleger *in
persona* bekannt gewesen, indem er wohl um das Jahr
1794 oder 1795 für kurze Zeit bey ihm gearbeitet habe.
Anschließend berichtete ich von meyner Lectüre des
Büchleins *Spaziergang nach Syrakus* des Johann
Gottfried Seume, das Herr Hoffmann zufällig bey sich
aufgefunden hatte. Mit dem Bericht über dessen

36

Wanderung von Grimma in Sachsen nach Syrakus in Sizilien konnte ich bey Goethen große Aufmerksamkeit wecken. Insonderheit war er recht erstaunt darüber, daß Seume in der That in nur neun Monaten, also vom December1801 bis August 1802, den ganzen Weg durch Italien zu Fuß gemacht und nur ganz selten eine Kutsche genommen hatte. Zur Überfahrt nach Palermo hatte er sich, so wie seynerzeit auch der Geheimrath selbst, in Neapel eingeschifft.

Im Vergleich zu ihm hatte er auf seyner Reise jedoch nicht so viele bekannte Persönlichkeiten getroffen, sondern mehr Land und Leute im Blick gehabt.

Seyn Bericht über diese Wanderung wurde 1803 bei Vieweg in Braunschweig und Leipzig verlegt.

Als belustigend empfand ich eine Hinweisung, wonach er nach seyner Rückkehr für den Schuhmacher Heerdegen in Leipzig eine Eloge verfasst habe zum Dank dafür, dass die von ihm verfertigten Stiefel die ganze Wegstrecke durchgehalten hatten und nur zwey Male neu besohlt werden mußten.

Goethe schien von diesen Mittheilungen recht angetan und erbat sich das Büchlein zur Ansicht, indem er angab, einige Schilderungen von Landschaften und Wanderwegen mit den entsprechenden Passagen in seiner *Italiänischen Reise* vergleichen zu wollen.

Ich will es ihm gleich morgen überbringen.

Weimar, am Dienstag, den 8ten Juli 1826

17

Goethe an Eckermann, Weimar, 15. Oktober 1826 – mit Billett durch Boten

37

Herr Dr. Eckermann wird freundlichst für morgen
Mittag um 12 Uhr zum Rapport über die Kritiker des
Taurinius erwartet.

18

Tagebuchnotiz von Eckermann, Weimar,
16. Oktober 1826

Heute zu einem kleynen Mittagsmahl bey Goethen
gewesen. Anschließend berichtete ich über den *Nachtrag*
des Verfassers im Schlusskapitel mit der Überschrift
Eine Vertheidigung gegen die Rezensenten, wie sie
bereits im Verzeichniße des Inhalts angekündigt ist.
Als Kritiker wurden vor allem die Professoren Christoph
Meiners aus Göttingen und Heinrich Eberhard Gottlob
Paulus aus Jena genannt. Ersterer war Gelehrter für
Weltweisheit, der andere für Evangelische Theologie
und Orientalische Sprachen. Beide zogen heftig und
theilweise mit skurrilen Einwänden in Zweyfel, dass
Taurinius Afrika auch wircklich bereist habe, obgleich
sie selbst diesen Continent nie betreten hatten.
Indem dieser vorgegeben hatte, früher zwey seyner
Reiseberichte unter den Namen *Joseph Schrödter* und
Christian Friedrich Damberger herausgegeben zu
haben, argwöhnten beyde, daß es sich bey allen drey
Namen um Pseudonymata handeln müsse. Hinter denen
verberge sich vermutlich eine einzige Person, welche
ihre angeblichen Erlebnisse und Beobachtungen anderen
Reiseberichten entnommen habe. Die vermuteten
Fremdberichte wurden von den beyden jedoch nicht
benannt. Herr Hoffmann wußte mir mitzutheilen, beyde

Kritiker hätten selbst schon Traktate zu ethnologischen Themen Afrikas verfasst, deren Inhalt sie aus Berichten anderer am Schreibtisch zusammengefügt hätten.

Paulus habe bereits 1801 in der *Allgemeinen Literatur-Zeitung* die Taurinius-Berichte rezensirt und dabey konstatirt, der Verfasser sey eine sonderbare Gestalt, von der man auf alle Fälle betrogen werde.

Taurinius zitirt überdies einen *Offenen Brief* von Meiners in der *Göttingenschen Literatur-Zeitung* von 1802, worin dieser mittheilt, er sey morgens nach dem Collegium von einem Mann in Reisekleidung abgepaßt worden, der vorgab, ihn kennenlernen zu wollen.

Als dieser sich ihm als Taurinius vorstellte, habe er ihn am Globus einer kritischen Examination unterzogen.

Indem der Besucher zu allen Fragen lückenlos Rede und Antwort habe stehen können, sey der Professor ziemlich irritirt gewesen und habe in seynem Offenen Brief dem Professor Paulus, den Taurinius als nächsten aufsuchen wollte, viel Glück gewünscht.

Über meyne weyteren Nachforschungen konnte ich Goethen folgenden Bericht geben:

Auf meyn Schreiben an die Universität zu Göttingen erhielt ich zur Antwort, Professor Meiners habe wohl früher hier gelehrt, sey aber 1810 verstorben.

Von der Universität zu Jena erhielt ich die Nachricht, Professor Paulus habe hier lange einen Lehrstuhl für Evangelische Theologie innegehabt, sey aber dann an die Universität zu Heidelberg gewechselt.

Vom dortigen Sekretariat erhielt ich seine Anschrift und die Zusicherung, er stehe für Anfragen zur Verfügung.

Auf meyn Schreiben hin erhielt ich von Professor Paulus zur Antwort, er könne sich sehr wohl an Zacharias

Taurinius erinnern und werde seyn Urtheil nicht ändern, daß dessen Reiseberichte betrügerische Plagiate seyen. Als weiteren Kritiker nennt Taurinius den Berliner Buchhändler Friedrich Nicolai, der seyne Competenz als Reiseschriftsteller von einer Kutschfahrt durch Deutschland, Österreich und die Schweiz herleitete. Dieser behauptete, die Taurinius-Berichte könnten allein schon deshalb nicht der Wahrheit entsprechen, indem hiezu an die dreyhundert Paar Schuhe nöthig gewesen wären. Auf der Suche nach diesem Herrn sprach ich den Buchhändler Hoffmann an und erfuhr, er kenne den Bericht von besagter Kutschreise, wisse aber auch, daß Nicolai bereyts im Jahre 1811 verstorben sey.

Hier konnte ich Goethen amüsiren mit der Hinweisung, Herr Nicolai als gelernter Buchhändler hätte durchaus das Büchlein von Seume kennen müssen und wissen können, daß dieser für die über fünftausend Kilometer von Grimma nach Syrakus und zurück nur ein einziges Paar Stiefel gebraucht habe, die nur zwey Male neu besohlt werden mussten. Nicolai selbst hatte ja die alleyn für Afrika benöthigte Menge, wie erwähnt, auf dreyhundert Paare eingeschätzt.

Ich versprach, meyne Nachforschungen fortzusetzen, um festzustellen, ob es außer Professor Paulus noch andere lebende Zeitzeugen gäbe, wie zum Beyspiel den Kupferstecher Carl Heinrich Rahl zu Wien.

Ich verabschiedete mich vom Geheimrath mit der festen Zusage, mich ohnverzüglich wieder zu melden, wenn über Neues zu berichten wäre.

Weimar, am Donnerstag, den 16ten October 1826

Zeitzeugen
1827

19

Brief der Hofapotheke Weimar an Eckermann,
16. Januar 1827

Herzogliche Hofapotheke zu Weimar
Am Markt

Werther Herr Dr. Eckermann

Im December vorigen Jahres hatten Sie beym letzten der
Naturwissenschaftlichen Diskurse, die periodisch hier in
unseren Räumen stattfinden, angefragt, ob es für mich
vorstellbar sey, dass die Physis des Menschen einen
Fußmarsch von Kapstadt nach Kairo und zurück
überhaupt leisten könne. Indem ich dies anzweyfelte,
nannten Sie mir als Beleg dafür die Reiseberichte eines
Weltreisenden nahmens Zacharias Taurinius.
Ich meynte, diesem Nahmen bereits begegnet zu seyn,
konnte mich aber im Augenblick nicht erinnern: Wo?
Jetzt fiel mir ein Beytrag im *Neuen Allgemeinen Journal
der Chemie* von 1804 ein, in dem unter der Rubrik
Correspondenz ein Nachruf publiziert war auf Professor
Immanuel Kant, der im nähmlichen Jahr verstorben war.
Bei Durchsicht meyner gesammelten Bände fand ich im
genannten Jahrgang einen Nachruf des Apothekers und
Chemikers Dr. Adolph Ferdinand Gehlen. Darin ist in
erstaunlicher Weyse als Paradigma ein Verfahren aus
China zur Herstellung von Kupferplatten aufgeführt,
über das ein gewisser Taurinius berichtet hatte und um

41

dessen Überprüfung Professor Kant den befreundeten Apotheker Dr. Karl Gottfried Hagen gebeten hatte. Kommen Sie doch in den nächsten Tagen bey uns vorbey, um diesen Artikel mit der ohngewöhnlich placirten Beschreibung dieses Experimentes hier selbst nachzulesen.

Weimar, den 16. Januar 1827   M. A. Servatius
                                      Principal

20

*Tagebuchnotiz von Eckermann, Weimar,
20. Januar 1827*

Gestern habe ich in der Hofapotheke den besagten Nachruf auf Immanuel Kant gelesen und ihm folgendes entnehmen können:
Gehlen hatte in einem Briefwechsel zwischen Kant und Hagen eine Hinweisung gefunden, wonach der an Physik sehr interessirte Philosoph einen befreundeten Apotheker und Experimentator im April 1800 gebeten hatte, einen Versuch zu überprüfen. Die Anleitung hiezu hatte Taurinius aus China mitgebracht und in seynen bey Jakobäer erschienenen Reiseberichten mitgetheilt. Hagen gelang es thatsächlich, flüssiges Kupfer durch Eingießen in einen Behälter mit Wasser so zu formen, daß das Metall über einem Rahmen, der mit Tuch bespannt war, zu Tafeln erstarrte. Hagens hoch erfreute Mittheilung an Kant, das Experiment sey gelungen, hatte diesen so begeistert, dass er sich decidirt dafür aussprach, man könne sich allen Kritikern zum Trotz auf die Wahrhaftigkeit des Taurinius verlassen.

Herr Servatius bot mir an, er könne in seinem *Index pharmac.* nachsehen, ob ein Dr. Adolph Ferdinand Gehlen oder ein Dr. Karl Gottfried Hagen noch als Apotheker geführt seyen. In der That konnte er mir nach wenigen Augenblicken eine Adresse in Königsberg mittheilen, unter der Herr Hagen erreichbar seyn könnte, wohingegen Gehlen nicht aufzufinden war. Ich werde gleich morgen einen Brief nach Königsberg verfassen.

Weimar, am Sonnabend, den 20ten Januar 1827

21

Brief der Kunstakademie Wien an Eckermann, 4. Februar 1827

Akademie der Bildenden Künste zu Wien
Section Kupferstich

Herrn Dr. Eckermann

Zu Ihrer Anfrage vom Jänner d.J. bestätigen wir, daß Herr Carl Heinrich Rahl seit dem Jahre 1815 Mitglied an unserer Akademie ist. Derzeit ist er als Stellvertretender Leiter der Klasse Kupferstich an unserem Hause thätig. Indem er im Augenblick seynen bisherigen Wohnsitz vom 9. Bezirk in die Nähe unserer Akademie verlegt, ist er gerade schwer zu erreichen. Falls Sie ihn persönlich contactiren wollen, können Sie ihm gerne Post über unser Secretariat zukommen lassen.

Wien, den 4. Feber 1827   J. Wondracek
                                          Secretär

43

22

Brief von Carl Heinrich Rahl an Eckermann, Wien,
20. Februar 1827

Akademie der Bildenden Künste zu Wien
Sektion Kupferstich

Werther Herr Dr. Eckermann

Sie haben mit Brief vom 8. Februar angefragt, ob mir
eine Person nahmens Zacharias Taurinius im
Zusammenhang mit einigen Berichten über seyne
Weltreisen erinnerlich sey. Dies trifft in der That zu.
Nach meynen Auftragsbüchern sind wir uns erstmals im
Jahre 1802 begegnet, als er hier vorsprach, um für seyn
in Leipzig verlegtes Buch ein Portrait-Medaillon und ein
Frontispiz zu bestellen. Im Jahr darauf gab er noch
einige Illustrationen in Auftrag zu seyner Afrika-Reise,
von der er mir ein paar ausgewählte Episoden schilderte.
Seyther hat er mich immer wieder einmal besucht, wenn
er sich in Wien aufhielt, und dabey viel von seynen
großen Reisen erzählt. Wenngleich unsere Verbindung
eine recht freundschafftliche war, konnte ich nur
erfahren, daß er in oder bey Leipzig ansässig sey.
Seynen genauen Wohnsitz gab er mir jedoch nie preys.
Zuletzt hat er mich hier vor zwey Jahren besucht.
Ich hoffe, ich konnte Ihnen hiemit bey Ihren
Nachforschungen behülflich seyn.

Wien, den 20. Februar 1827

Carl Heinrich Rahl
Kupferstecher

23

*Brief von Dr. Karl Gottfried Hagen an Eckermann,
Königsberg, 6. März 1827*

Herrn Dr. Eckermann

Verzeihen Sie die späte Antwort auf Ihren Brief vom
22. Januar. Ich lag mit einer lästigen Influenza darnieder,
bin jetzt aber wieder bey gutem Wohlseyn.
Wie Sie dem Nachruf des Kollegen Gehlen auf
Immanuel Kant entnommen haben, konnte ich im Jahre
1800 im Auftrag von Herrn Professor Kant ein
Experiment durchführen, dessen Anleitung er in einem
Reisebericht des Herrn Taurinius gefunden hatte.
Ich konnte nachweisen, daß Wasser, über flüßiges
Kupfer gegossen, dieses völlig zersprengt. Dagegen ließ
sich flüßiges Kupfer, auf einen mit Tuch bespannten
Rahmen ins Wasser gegossen, zu Tafeln formen.
Kant war vom Gelingen des Versuchs so angethan,
daß er mir ausdrücklich schrieb, dieses Resultat habe ihn
vollständig davon überzeugt, daß man sich auf die
Wahrhaftigkeit des Taurinius verlassen kann.
Damit konnte er auch der Meinung des Mathematikers
Johann Jakob Ebert aus Wittenberg entgegentreten.
Dieser Herr hatte als beauftragter Herausgeber in der
Vorrede zur ersten der Reisebeschreibungen des Herrn
Taurinius kritisch angemerkt, dieses Kupferplatten-
Phänomen sey ihm unbegreyflich und müsse wohl ein
Druckfehler seyn.
Ob Herr Professor Kant den Herrn Professor Ebert
brieflich vom Ergebniße unseres Experimentes
unterrichtet hat, weyß ich nicht zu sagen.

45

Herr Kant hat es seynerzeit sehr bedauert, dem Autor nicht *in persona* begegnet zu seyn, da er noch gerne einige weytere Fragen zu Kenntnissen der Physik und Chemie im fernen Osten mit ihm besprochen hätte.

Königsberg, den 6. März 1827

Dr. Karl Gottfried Hagen
Apotheker

24

Tagebuchnotiz von Eckermann, Weimar, 19. März 1827

Vergangene Woche habe ich zufällig bei der Lectüre von Herrn Achim von Arnims Erzählung *Isabella von Ägypten, Kaiser Karl des Fünften große Jugendliebe* gegen Ende hin eine Entdeckung gemacht, die Goethen sicher auch erstaunen wird.

Hier nennt Herr von Arnim bey der Beschreibung der ägyptischen Landschaft Taurinius beym Nahmen, der diese Gegend auf seyner Reise durch Afrika wohl ähnlich erlebte, wie der Dichter sie in seiner Erzählung schildert. Das spricht zumindest dafür, dass der Nahme und die Berichte des Weltreisenden Taurinius im Jahre 1812, als Herrn von Achims *Isabella* verlegt wurde, schon größeren Leserkreysen bekannt gewesen sind.

Ich werde Goethen fragen, ob Herr von Arnim bei einem seiner Besuche in Weimar vielleicht auf diesen Autor zu sprechen gekommen sey. In den nächsten Tagen will ich ein Schreiben an Herrn von Arnim absenden, der auf einem Schloß bei Jüterbog-Luckenwalde leben soll.

Weimar, am Mondtag, den 19ten März 1827

46

25

Brief von Achim von Arnim an Eckermann,
Schloß Wiepersdorf, 9. April 1827

Werther Herr Dr. Eckermann

Sie haben angefragt, ob ich mich an meyne Besuche bey
Geheimrath von Goethe erinnern kann und ob dabey
auch die Sprache auf einen Weltreisenden nahmens
Zacharias Taurinius gekommen sey.
Dies dürfte wohl bey meynem Aufenthalt in Weimar im
Jahre 1820 gewesen seyn, als ich mit Herrn von Goethe
explicit über meyne *Isabella von Ägypten* gesprochen
habe. Ich hatte ihm dabey begeistert mitgetheilt, dass ich
mir die ägyptische Landschaft in Gedanken so
ausgemahlt hatte, wie Taurinius sie in seynen Berichten
schildert. Ich habe seynen Namen derhalben gegen Ende
der Erzählung zitirt, weil er für mich eine wertvolle
Quelle und seynerzeit weiten Leserkreisen bekannt war.
Warum manche Rezensenten den Wahrheitsgehalt
seyner Berichte anzweyfeln, ist mir unbegreyflich.
Leider konnte ich den Verfasser nie *in persona*
kennenlernen und kann seyne Glaubwürdigkeit
derhalben nicht zuverlässig beurtheilen.
Ich freue mich, daß Sie meyne Erzählung wircklich bis
zum Schluß gelesen und dadurch einen weyteren
Mosaikstein für Ihre Nachforschungen gefunden haben.
Überbringen Sie dem Geheimrath meine ergebensten
Grüße und alle guten Wünsche für seyn Wohlseyn.

Schloß Wiepersdorf, den 9. April 1827
                              Achim von Arnim

47

26

Goethe an Eckermann, Weimar, 14. Juni 1827 –
Billett durch Boten

Herr Dr. Eckerman wird für morgen freundlichst zu
einem kleinen Mittagsmahl gebeten.
Danach ist ein Rapport über die Nachforschungen zu
angefragten Zeitzeugen des Taurinius erwünscht, dem
ich mit großer Neugier entgegensehe.

27

Tagebuchnotiz von Eckermann, Weimar, 16. Juni 1827

Nach einem bescheydenen Mittagsmahl wünschte
Goethe gestern einen Bericht über das Ergebnis meyner
Nachforschungen. Bevor er im Juli nach Böhmen zu
seynem Sommerurlaub abreise, wolle er insonderheyt
erfahren, ob ich noch Zeitzeugen des Taurinius ausfindig
machen konnte.
Als erstes berichtete ich von dem Schreiben des
Professor Paulus, den Taurinius vor fünfundzwanzig
Jahren in Jena aufgesucht hatte und der jetzt in
Heidelberg wohnhaft ist. Dieser hatte mir mitgetheilt,
dass ihm Taurinius seinerzeit zwar Rede und Antwort
habe stehen können, er ihn aber nach wie vor für einen
Betrüger halte, der aus den Berichten anderer Reisender
abgeschrieben habe. Von der Universität zu Jena erfuhr
ich, daß Professor Paulus während seiner dortigen
Thätigkeit nie auf Reisen in Afrika gewesen sey.
Hier meldete Goethe doch großeBedenken an, ob
jemand, der ein Land nicht einmal persönlich kenne,

die Competenz habe, Reiseberichte hiezu *ex cathedra* anzuzweyfeln.

Danach theilte ich mit, was ich vom Kupferstecher Carl Rahl zu Wien in Erfahrung bringen konnte. Er erinnerte sich gut an einige Aufträge von Zacharias Taurinius für seine Reiseberichte und sah ihn in den letzten Jahren immer wieder einmal, wenn er zu Verhandlungen mit dem Verlag von Anton Doll in Wien weylte.

Seynen Wohnsitz wusste er allerdings nicht zu nennen, vermutete aber, daß er in oder bey Leipzig leben müsse. Schließlich konnte ich dem Geheimrath noch über die Correspondenz mit Herrn von Arnim berichten, der sich entsinnen konnte, bey einem seyner Besuche in Weimar mit ihm auch über seyne *Isabella von Ägypten* gesprochen zu haben. Indem ihm bey seyner Schilderung der ägyptischen Landschaft die Reiseberichte des Taurinius sehr hülfreich gewesen seyen, habe er ihn auch am Ende nahmentlich zitirt. Ich versäumte nicht, dem Geheimrath Herrn von Arnims ergebenste Grüße und die guten Wünsche für seyn Wohlseyn zu überbringen.

Goethe war von den Ergebnissen meyner Forschungen sehr angethan, wirkte auf mich aber etwas nachdenklich. Er gab an, er sey von der Fülle der Neuigkeiten etwas irritirt und müsse zuvörderst dies alles in nächster Zeit erst einmal in Gedanken verarbeiten. Er dankte mir für all meyne Bemühungen, die zu solch einem durchaus respecktablen Ergebnis geführt hätten.

Zum Abschied bat er mich, ihm das Taurinius-Buch für die nächsten Wochen nochmals zur Verfügung zu stellen, damit er im Sommerurlaub bestimmte Berichte in Muße nachlesen könne.

Weimar, am Donnerstag, den 16ten Juni 1827

49

Des Geheimrats Sinneswandel
1828

28

Goethe an Eckermann, Weimar, 12. März 1828 – Billett durch Boten

Erwarte Herrn Dr. Eckermann morgen Mittag zu einem abschließenden Gespräch über einige Kapitel der Reisen des Taurinius.

29

Tagebuchnotiz von Eckermann, Weimar, 14. März 1828

Nach einem frugalen Mittagsmahl mit einem Gläschen weißen Weins wünschte Goethe gestern nochmals eine gemeynsame Repetition der Erkenntnisse, die wir durch meyne Recherchen gewonnen hatten. Er wirkte dieses Mal merckwürdig in sich gekehrt, übernahm aber dennoch spontan die Führung des Gesprächs, die er sonst immer mir als Berichterstatter überlassen hatte.
Er gab an, beym letzten Sommerurlaub in Marienbad habe er zwar nicht das ganze Taurinius-Buch lesen können, aber immerhin einige Kapitel, die ihn vom Verzeichniße des Inhalts her angesprochen hätten.
Bei seynen Spaziergängen durch den Kurpark habe er sich oftmals zwischen den Kaskaden und der Wandelhalle auf einer Bank niedergelassen und über das meditirt, was er am Vortag gelesen hatte. Dabey habe er sich immer wieder bey der Vorstellung angetroffen, wie

es wohl im nähmlichen Augenblicke, in dem sich hier vornehm gekleydete Herrschaften in gepflegten Parkanlagen ergingen, in Fernost, Amerika oder Afrika aussehen würde.

Am meysten schien er davon beeindruckt, was die Physis des Menschen zu leisten vermag, wenn äußere Umstände ihm keyne andere Wahl lassen. Für ihn sey es auch ein Zeichen von besonderer Seelenstärke, wenn ein Mensch, aller Unbill und Gefahr zum Trotz, ohnbeirrt an dem Ziel festhalte, das er sich selbst gesetzt hat. Vor allem zeigte er sich darüber entrüstet, welchen Intrigen und Anfeyndungen von Gelehrten dieser Berichterstatter ausgesetzt war, insonderheyt diese Kritiker selbst nie in ferne Länder gereist waren.

Dabey vermutete er bei Professor Paulus als einem der letzten lebenden Zeitzeugen, die Taurinius *in persona* begegnet waren, einen gewissen Altersstarrsinn, der ihn zwinge, auf seynem früher gefällten Urtheile der Kompilation ohnverändert zu beharren.

Was die Aussage von Immanuel Kant anbelangt, er habe an der Wahrhaftigkeit des Taurinius keynen Zweyfel, war Goethe voll des Lobes für meyn glückliches Auffinden des Nachrufs auf den großen Universalgelehrten im *Allgemeinen Journal der Chemie*. Auf diese Weyse habe er erfahren, welch großes Interesse Kant an allen naturwissenschaftlichen Phänomenen hatte. Deren unendliche Vielfalt habe ja auch ihn selbst als erfahrenen Naturforscher immer wieder von neuem herausgefordert. Das Gelingen des Kupfertafel-Experiments durch Hagen habe für Kant offenbar den Ausschlag gegeben, die Competenz des Taurinius als unzweyfelhaft hoch einzuschätzen.

51

Wenngleich Kant trotz diverser Angebote seynen
Lehrstuhl in Königsberg nie verlassen habe, so sehe er
dies vornehmlich als ein Zeichen von außergewöhnlicher
Ortstreue an. Des ohngeachtet habe er aber auch immer
große Weltoffenheit bewiesen.

Goethe hob explicit hervor, für ihn sey Kant eine seltene
Ausnahme für seyne These, Reisen sey für jegliche
Bildung unabdingbar. Er sey nicht nur ein kritischer
Geist und scharfer Denker gewesen, sondern auch ein in
allen Disciplinen äußerst belesener Gelehrter, für dessen
hohe Bildung es keiner Reisen bedurfte.

Dem Kupferstecher Rahl aus Wien sey es zu danken,
daß wir uns mit dem Porträt-Medaillon im Frontispiz der
Reiseberichte eine wirckliche Vorstellung vom
Erscheinungsbild des Weltreisenden machen können.

Auch die freundschafftliche Verbindung zwischen den
beyden Männern spreche dafür, dass Taurinius trotz
seynes rastlosen Lebens doch immer wieder versucht
habe, festen Boden unter den Füßen zu finden.

Obgleich sich die beyden recht nahestanden, habe der
Abenteurer das Geheimnis seynes wirklichen
Wohnsitzes auch diesem guten Freund nicht
preysgegeben. Als Grund hiefür merkte der Geheimrath
die Vermuthung an, dass sich Taurinius damit vielleicht
vor weyteren Intrigen und Verfolgungen durch seyne
Kritiker oder auch Gläubiger habe schützen wollen.

Was Herrn von Arnim betreffe, konnte Goethe sich
entsinnen, mit ihm über das exotische Ambiente seyner
Erzählung *Isabella von Ägypten* gesprochen zu haben.
Ihm sey jedoch nicht erinnerlich, daß dabey der Nahme
des Taurinius gefallen sey. Indem er dazumal jedoch
noch nie von den dessen Reiseberichten gehört hatte,
habe er seynen Namen vielleicht auch nicht für

52

merkwürdig im eigentlichen Wortsinn gehalten. Immerhin seyen seyn Sprachtalent und seyne große Bekanntheit bey der Leserschaft wohl der Grund dafür, daß der Dichter von Arnim sich dazu herbeygelassen habe, ihn nahmentlich zu erwähnen.

Der Geheimrath beendete seine Ausführungen mit der Hinweisung, er habe noch viele Fragen, auf die vermutlich aber nur der Verfasser der Reiseberichte *in persona* Antworten geben könne. Er bedauerte sehr, daß Taurinius seyne damalige Ankündigung, sich irgendwann nochmals einzufinden, bisher nicht wahr gemacht habe. Nach all dem aber, was er dank meyner Nachforschungen erfahren habe, sey er bei der Lectüre der Reiseberichte in Marienbad zur Überzeugung gelangt, daß Taurinius thatsächlich so auf Reisen gewesen sey, wie er berichtet habe.

Wenn dabey die Dramatik der einen oder anderen Episode vielleicht überzeichnet wirke, sey dies allenfalls der Spannung geschuldet, die zu erwarten dem Leser zustehe. Damit sey Taurinius aber sicher nicht der einzige Autor, der sich dieses Kunstgriffs bediene und die Zügel seyner Phantasie bisweylen etwas lockere. Der Versuchung, um der Dramaturgie willen unter den weyten Deckmantel der künstlerischen Freiheit zu schlüpfen, könne nach Goethes Dafürhalten auch der ehrlichste Dichter nicht vollkommen widerstehen. Aus eigener Erfahrung wisse er sehr wohl, wovon er rede, und da müsse sich gar mancher Autor, der seyn Scherfflein hiezu beygetragen, insgeheym an die eigene Brust pochen.

Weimar, am Freytag, den 14ten März 1828

Begegnung an der Fürstengruft
1832

30

Tagebuchnotiz von Eckermann, Weimar, 24. März 1832

Am 22. März 1832 schied Geheimrath von Goethe, in seynem Sessel sitzend, in aller Stille von uns. Obgleich seine Kräfte in letzter Zeit mercklich nachgelassen hatten, hinterließ dieses Ereigniß, wiewohl es vorauszuahnen war, bey mir ebenso wie bey seynen engen Freunden das Gefühl einer großen inneren Leere. Seyt dem unerwarteten Tod seynes Sohnes August Ende Oktober 1830 in Rom hatte Goethe für alle, die häufig mit ihm in Contact standen und ihn genauer kannten, den Eindruck eines gebrochenen Menschen gemacht. Auf Bitte des Geheimraths hin hatte ich August seinerzeit in der Reisekutsche begleitet, als er ihn Ende April zu einer Kulturreise nach Italien geschickt hatte. Goethe hatte mich gebeten, ich möchte darauf achten, daß er dem guten Wein dieses Landes nur in dem Maße zuspreche, das ihm zuträglich sey. Dies erwies sich jedoch als gar nicht einfach, und um den Vater nicht in allzu große Sorgen zu stürzen, lobte ich in meynen Berichten das Bemühen des Sohnes um maßvolles Verhalten oftmals auch mehr, als es der Wircklichkeit entsprach. Leider wurde ich Ende August in Mailand von einer heymtückischen Krankheit ergriffen und musste vorzeitig die Heymreise antreten. August reiste alleyne weyter über die Westküste nach Neapel und Rom, wo er Ende Oktober von einer heftigen Pockenerkrankung befallen wurde, die ihn nach wenigen

Tagen im Alter von nur einundvierzig Jahren dahinraffte. Freunde von Goethe sorgten dafür, daß er auf dem Friedhof für Ausländer bey der Cestius-Pyramide, dem *Cimetero acattolico*, beygesetzt wurde. Als die schlimme Nachricht den Vater erreichte, war dieser zutiefst betroffen und machte sich dem Anscheyne nach im Stillen Vorwürfe, den Sohn zu dieser Reise gedrängt zu haben, indem er sie für dessen Bildung von Nöthen hielt. Ich selbst konnte seynerzeit allerdings den Eindruck gewinnen, daß August selbst diesem Ansinnen nicht ganz abgeneigt schien, da er hierin vielleicht eine Gelegenheit sah, vorübergehend Abstand zur Enge des heymischen Patriarchats zu gewinnen.

Indem Christiane Vulpius, die Mutter seyner fünf Kinder, im Jahre 1816 unter tragischen Umständen verstorben war, traf es Goethe besonders schmerzlich, daß er mit August den einzigen seiner Nachkommen verlor, der das Kindesalter überlebt und ihn immer, so wie dies zuvor seyne Gattin gethan, bey seynen häufigen Episoden schwachen Befindens betreut hatte. Ich selbst war zum Zeitpunkt, als die traurige Botschaft in Weimar eintraf, nicht im Lande und konnte Herrn Geheimrath nur brieflich meyne Bestürzung und Antheilnahme mittheilen.

Weimar, am Sonnabend, den 24ten März 1832

31

Tagebuchnotiz von Eckermann, Weimar, 28. März 1832

Gestern wohnten auf dem Städtischen Friedhof unzählige Trauergäste den großen Funeralien zur

Beysetzung Goethes in der Fürstengruft bey, dem neuen Mausoleum am Ende der Lindenallee. Eine Reihe von Rednern war bemüht, mit Fragen nach dem Sinn und der epochalen Bedeutung dieses Heymgangs, der Zukunft unserer Sprachkultur und der allgemeynen Sorge um die Literaturpflege in Deutschland dem Trauerakt einen würdigen Rahmen zu geben. Ihre Worte konnten jedoch an der tiefen Niedergeschlagenheit der Trauernden kaum etwas ändern.

Während der Ansprachen hatte ich zufällig einen Mann wahrgenommen, der in einem gewissen Abstand zur Trauergemeinde an einer Linde der Allee lehnte und den Kopf gesenkt hielt, als sey er tief in Gedanken versunken. Er trug einen breytkrempigen Hut und einen langen dunklen Reisemantel, der bis zu den Stiefeln reichte. Nach Ende der Zeremonie strömten die Menschen die Allee zum Hauptportal hinunter.

Als fast alle gegangen waren, bewegte sich der Fremde auf den Eingang der Fürstengruft zu und verschwand im Inneren. Ich hatte die Aufgabe übernommen, die Trauergäste einzuladen, und kannte die meysten von ihnen *in persona*. Dieser Mann aber war mir völlig unbekannt und erregte meyne Neugier.

Ich ging mit ein paar engeren Freunden des Geheimraths zum Hauptportal hinab und sprach noch mit einigen der Herrschaften, als ich den geheymnisvollen Mann die Allee herunterkommen sah. Ich ging auf ihn zu, stellte mich als Mitarbeiter des Geheimraths vor und fragte höflich an, ob er Goethen persönlich gekannt oder in einer besonderen Beziehung zu ihm gestanden habe.

Er blickte auf und sah mich mit großen Augen erstaunt an. Sein grauer Vollbart wirkte gepflegt, die Haartracht war unter der Hutkrempe verborgen. Er gab zur Antwort, er habe vor etwa acht Jahren mit Goethen über seine Weltreisen gesprochen und ihm ein Exemplar seiner Reiseberichte überreicht. Mir stockte der Atem, doch dann entfuhr es mir ohnwillkürlich: „Sind Sie Herr Taurinius?" „Woher kennen Sie meinen Nahmen?" entgegnete er.

Ich theilte ihm mit wenigen Worten mit, ich hätte im Auftrag Goethes Nachforschungen angestellt, die ihm zur Beurteilung der Reiseberichte wichtig erschienen seyen. Vor vier Jahren habe der Geheimrath bey der abschließenden Besprechung meyner Ergebnisse geäußert, er halte den Autor für einen ehrenwerten Mann, dem viel Unrecht geschehen sey. Er habe beym letzten Sommerurlaub in Marienbad in seynem Buch einige Kapitel nachgelesen, die ihn sehr betroffen gemacht hätten. Offenbar habe er noch etliche Fragen an den Verfasser gehabt, denn er hat es sehr bedauert, daß dieser nicht noch einmal bey ihm vorgesprochen habe, wie er es bey seynem überraschenden ersten Besuch angekündigt hatte.

Ich berichtete ihm in kurzen Worten von meynen Nachforschungen zu einigen Zeitzeugen, die seyne Reiseberichte kannten. Sie alle seyen bezüglich seyner Glaubwürdigkeit zu einem durchaus positiven Urtheil gekommen mit Ausnahme von Professor Paulus, der von seyner früheren Kritik nichts zurückgenommen habe. Bey Nennung dieses Nahmens zuckte kurz ein spöttisches Lächeln um die Mundwinkel des Fremden, und er meynte, dies sey auch nicht anders zu erwarten gewesen.

Taurinius war von unserer Begegnung ebenso überrascht wie erfreut und dankte mir für meyne Bemühungen und Mittheilungen. Er gab an, er habe zu Anfang September des Jahres 1827 Herrn von Goethe in Weimar nochmals aufsuchen wollen, ihn aber leider nicht angetroffen. Die Schaffnerin des Hauses habe ihm gesagt, der Herr Geheimrath weyle gerade zur Sommerkur in Böhmen. Jetzt sey er leider etwas in Eile, indem er in einer halben Stunde am Markt seyn müsse, um die Courier-Kutsche über Prag nach Wien zu nehmen. Er wolle dorthin, um mit seinem Verleger Honorarverhandlungen zu führen, und freue sich darauf, an der Kunstakademie einen alten Freund wiederzusehen, der früher für ihn einige Kupferstiche angefertigt habe.

Hiezu konnte ich ihm als Letztes noch von meyner Correspondenz berichten, die ich mit Carl Heinrich Rahl geführt hatte, und bat ihn, von meyner Seite beste Empfehlungen zu überbringen.

Indem ich ihm versicherte, ich sey hoch erfreut, ihn hier *in persona* kennengelernt zu haben, verabschiedeten wir uns freundschafftlich. Ich blickte ihm nach, bis er sich am Ende der Straße, bevor er abbog, nochmals umwandte und die Hand kurz zum Gruß hob.

Weimar, am Mittwoch, den 28ten März 1832

Postscriptum: Hiemit sehe ich die Protokolle über meyne Nachforschungen zu Zacharias Taurinius als vorerst abgeschlossen an und lege sie bis auf weyteres in meynem Schreibpult *ad acta.*

Johann Peter Eckermann

58

2004

Der große Brand

Mitte 2003 kann Wilhelm Sartorius die Transkription der Eckermannschen Tagebuchnotizen und Briefwechsel zur Begegnung von Zacharias Taurinius mit Johann Wolfgang von Goethe abschließen. Die Frage, auf welchem Weg dieses seltene Fundstück einem interessierten Leserkreis oder der Literaturwissenschaft zugeführt werden kann, beschäftigt ihn schon seit langem. Schließlich entscheidet er sich dafür, die originalen Dokumente und das Taurinius-Buch sowie einen Ausdruck des Transkripts insgesamt der Handschriftenabteilung der Anna-Amalia-Bibliothek zur Dauerleihe auf Widerruf oder definitiv als Schenkung zu überlassen. Seine einzige Bedingung ist es, im Falle einer Publikation als Entdecker dieses literarischen Schatzes namentlich genannt zu werden.

Die Vorstandschaft der Bibliothek ist über die großzügige Überlassung hoch erfreut und will sie zunächst in ihrem Depot einlagern mit der Option, im nächsten Jahr mit der Bearbeitung zu beginnen. Sartorius ist über diese Lösung glücklich, weil er weiß, dass hier Spezialisten am Werk sind, die genau wissen, wie mit solchen Raritäten umzugehen ist. Er führt noch ein informelles Gespräch mit dem zuständigen Ressortleiter, dem er ein paar Detailfragen zum Fundort beantworten muss, und übergibt ihm sodann die Dokumente. Zuhause erklärt er seinem Sohn Richard kurz den Inhalt des Transkripts und legt seinen Eckermann-Ordner mit dem kompletten Satz der Ausdrucke im Biedermeier-Sekretär ab.

In der Nacht des 2. September 2004 ist der Himmel über Weimar blutrot. Die Stadt hallt wider vom gellenden Konzert der Sirenen von Feuerwehr und Polizei. Durch die Straßen der Altstadt braust ein gewaltiger Sturm, wie er nicht selten als Begleiter schwerer Feuersbrünste auftritt. Wie ein Lauffeuer verbreitet sich die Meldung: Die Anna-Amalia-Bibliothek steht in Flammen!

Die Menschen stürzen auf die Straße und wollen ihren Augen nicht trauen. Einige von ihnen beten lautlos, ein paar sitzen wie im Schock am Straßenrand und halten die Hände vors Gesicht, als möchten sie die Wirklichkeit nicht wahrhaben. Andere schütteln mit starrem Blick und offenem Mund ständig den Kopf, als wollten sie dieses Inferno wie einen Albtraum von sich abschütteln. Die meisten stehen in schwarzen Trauben hinter den Absperrungen und finden kaum Worte. Das monotone Grundrauschen der Menge wird von rauen Befehlen und Lautsprecherdurchsagen für die Einsatzkräfte durchdrungen. Immer wieder übertönt das dumpfe Krachen herabstürzender Balken das donnernde Knistern des Feuers, das lichterloh aus dem Dachstuhl über den Giebel des altehrwürdigen Gebäudes emporschlägt. Der Kampf gegen die wütenden Flammen gleicht einem Gefecht gegen Windmühlen im Sturm und währt die ganze Nacht.

Am folgenden Morgen liegt ein bleierner Schleier über der ganzen Stadt. Die Rauchwolken scheinen sich mit der grauen Wolkendecke am Himmel vereint zu haben. Ein stechender Brandgeruch durchzieht die Straßen, und der stumpfe Rußfilm auf den Dächern und den Ladenfenstern der Altstadt wirkt wie ein Abbild der inneren Verfassung ihrer Anwohner. Eine schmutzige Pfütze von

Löschschaum liegt wie ein zerfetztes Leichentuch am Fuß des Gebäudes. Kurze Windstöße scheuchen versengte Seiten alter Bücher aus dem verkohlten Dachstuhl zum Himmel empor wie einen Schwarm Krähen, die dann, einem Totentanz gleich, taumelnd zu Boden sinken. Die Feuerwehren müssen immer wieder erneut aufflammenden Glutnestern zu Leibe rücken – ein Ende der Löscharbeiten ist nicht abzusehen.

Wilhelm Sartorius hat die halbe Nacht in einer kleinen Seitengasse in der Nähe des Feuerchaos ausgeharrt und ist in großer Sorge um die wertvollen Schätze der Bibliothek, insbesondere aber auch um seine eigenen Dokumente, die im Lagerraum für die aktuelle Agenda deponiert wurden. Welche Räume und Bestände durch Feuer und Wasser beschädigt wurden oder ganz verloren sind, ist der Morgenpresse nicht im Detail zu entnehmen. Es wird wohl noch Tage bis Wochen dauern, bis hier Klarheit geschaffen werden kann.

Sartorius ist aufs tiefste betroffen, weil er das Schlimmste befürchten muss. Das letzte Fünkchen Hoffnung erlischt acht Tage später, als feststeht, dass der Depotraum restlos ausgebrannt ist. Seine frühere Freude über das literarische Fundstück ist ihm nur noch als matter Abglanz in Erinnerung geblieben, und sein ganzer Einsatz bei der Dokumentation hinterlässt bei ihm nur den bitteren Nachgeschmack der Vergeblichkeit. Da er alle Originale aus der Hand gegeben hat, kommen ihm erste Zweifel, ob seine ausgedruckten Textkopien noch jemals publik zu machen sind. Für die nächsten Wochen und Monate bleibt ihm nur, sich immer wieder von neuem um die Kunst des Loslassens zu bemühen.

2013

Der Nachlass

Anfang Januar 2013 verstirbt Wilhelm Sartorius im Alter von achtundsiebzig Jahren völlig unerwartet nach einer Grippe, die eigentlich völlig harmlos angefangen hatte. Er war zeitlebens nie recht krank gewesen, sodass zu Beginn der Krankheit niemand an einen solch dramatischen Verlauf gedacht hatte. Seit dem Tag seiner Beisetzung steht Frau Sartorius oftmals vor der Vitrine mit den Sammelstücken ihres Mannes und studiert mit wachsendem Interesse die Faltkärtchen, auf denen er Art, Ort und Datum der Funde vermerkt hat. Der Glasschrank wird für sie zu einer Art Schrein, der nie geöffnet wird. In den ersten Jahren nach der Brandkatastrophe war Sartorius auf seinen Spaziergängen oftmals an der Anna-Amalia-Bibliothek stehengeblieben und hatte nachdenklich die Restaurierungsarbeiten verfolgt. Über seine Entdeckung der Eckermann-Dokumente hatte er seither mit niemandem mehr gesprochen, aber die Erinnerung an den fatalen Verlust seines literarischen Fundstücks hatte ihn weiterbegleitet und nie ganz verlassen.

Bei der Sichtung des Nachlasses fällt seinem Sohn Richard der Eckermann-Ordner mit den Ausdrucken der Taurinius-Protokolle in die Hände, der ihm vor zehn Jahren übergeben worden war mit der Empfehlung, gelegentlich einen Blick hineinzuwerfen. Dies tut er jetzt erstmals und ist erstaunt, als ihm bewusst wird, womit sich sein Vater seinerzeit so intensiv beschäftigt hat. Was er zu lesen bekommt, fasziniert ihn und weckt seine

Neugier. Allerdings gewinnt er dabei den Eindruck, dass einige inhaltliche Zusammenhänge ohne nähere Kenntnis der originalen Reiseberichte des Taurinius für ihn nicht ausreichend zu verstehen sind.

Er begibt sich daher auf die Suche und macht dabei im Internet eine erstaunliche Entdeckung: Unter *Taurinius* stößt er neben den vier bekannten Ausgaben der Reiseberichte aus der Zeit von 1799 bis 1804, die allerdings nicht zum Kauf angeboten werden, auch auf einen eigentümlichen Link: *C. F. Taurinius*, Verfasser eines Werks mit dem Titel *Der Autor in der Klemme.* Er kann dieses Opus sogar herunterladen und stellt fest, dass es laut Frontispiz im Jahr 1841 bei Hegner in Winterthur verlegt wurde. Darin teilt der Verfasser mit, 1801 als Sohn von Zacharias Taurinius geboren zu sein. Sein Vater, ein rechter Unhold, habe durch *Entweichung* seine Familie im Stich gelassen und sei 1825 in Essegg/Kroatien verstorben. Einer kurzgefassten Biografie des angeblichen Vaters folgt eine gewollt-kritische Auseinandersetzung mit einigen unwesentlichen Details aus dessen Reiseberichten, die jedoch eher verwirrend als erleuchtend sind. Das Ganze wirkt wie ein Sammelsurium aus Autobiografie und Anthologie von bemüht-humorigen, aber anspruchslosen Gedichten, Briefen und Geschichten mit dem Charakter einer skurrilen Kolportage.

Schon allein die Mitteilung Eckermanns, er habe Zacharias Taurinius noch 1832 nach der Beisetzung Goethes persönlich kennengelernt, gibt dem spontanen Gefühl von Sartorius Recht, dass es sich bei *C. F. Taurinius* nur um das Pseudonym eines literarischen Trittbrettfahrers handeln kann, der sich zudem noch der Initialen des

Taurinius-Pseudonyms Christian Friedrich Damberger bedient. Über die Frage, ob der Verfasser mit dieser eigentümlichen Persifflage mehr die Suggestivität des Namens Taurinius oder den Geschmack einer voyeuristischen Leserschaft im Auge hatte, kann allenfalls spekuliert werden. Aber auch die Mutmaßung, dass er es in erster Linie auf das Verlagshonorar und mögliche Erlöse aus dem Abverkauf seines Buchs abgesehen hatte, wäre als naheliegendes Motiv plausibel.

So kurios und erheiternd dieser groteske Fund im Netz für Richard Sartorius auch sein mag, so ist er ihm für den weiteren Umgang mit dem Nachlass des Vaters nicht sonderlich hilfreich. Allenfalls ist er als Hinweis auf den hohen Bekanntheitsgrad zu werten, den Zacharias Taurinius auch noch vier Jahrzehnte nach dem Erscheinen seiner Reiseberichte genoss. Eine Anfrage bei der inzwischen voll wiederhergestellten Anna-Amalia-Bibliothek wird negativ beschieden: An den Ausdrucken der Eckermann-Dokumente bestehe, da die Originale nicht mehr existieren, kein Interesse. Eine gleichlautende Antwort kommt von der Weimarer Goethe-Gesellschaft. Für den Nachlassverwalter ist dies alles recht ernüchternd und so frustrierend, dass er weitere Bemühungen auf einen späteren Zeitpunkt verschiebt.

Ende 2014 ist Richard Sartorius wieder einmal im Netz unterwegs und hat spontan die Idee, nochmals Ausschau zu halten nach irgendwelchen Neuigkeiten unter dem Link *Taurinius*. Tatsächlich stößt er auf etwas, was ihn augenblicklich hellwach macht: Ein Verlag in Hannover hat soeben eine Bearbeitung der Leipziger Taurinius-Ausgabe von 1803 auf den Markt gebracht. Das Exposé weist unter anderem darauf hin, dass darin die elf Hauptkapitel des Originals durch einhundertvierzig Episodentitel untergliedert und die Fußnoten in den Text einbezogen sind, sodass das Werk durch den Vorteil der besseren Lesbarkeit insgesamt an Transparenz gewonnen hat. Von neuem motiviert, besorgt er sich das Buch und liest es mit zunehmender Spannung innerhalb weniger Tage bis zum Nachwort zu Ende. Nun kann er gewisse Zusammenhänge im Eckermann-Transkript, bei deren Deutung er sich zuvor unsicher gewesen war, besser verstehen. Schließlich ist auch er überzeugt, dass Zacharias Taurinius seine Reisen wirklich gemacht und allenfalls einige seiner Abenteuer etwas dramatischer, als tatsächlich erlebt, geschildert hat.

Dieser Wissenszuwachs gibt Richard Sartorius neue Impulse, den Nachlass seines Vaters einer würdigen Bestimmung zuzuführen. Als gelernter Ingenieur verfügt er jedoch nicht über die fachliche Kompetenz, literarische Dokumente zu kommentieren und publikationsfähig zu machen. Als er eines Tages im Residenz-Café zufällig einen befreundeten Journalisten trifft, spricht er ihn auf sein Problem an und legt ihm anderntags die Transkripte vor. Dieser ist bei der *Thüringer Allgemeinen* als freier Mitarbeiter engagiert und wittert sofort eine mittlere Sensation. Er ist überzeugt, diese Geschichte müsse sich ohne weiteres in einem literarischen Fachorgan platzieren oder zumindest als brisanter Aufmacher in der regionalen Presse publizieren lassen. Sartorius übergibt ihm den Taurinius-Ordner zu treuen Händen und ist wieder voller Hoffnung, dass die Bemühungen seines Vaters nicht vergeblich waren und auf diese Weise belohnt werden könnten. Als er nach einem Jahr geduldigen War-

65

tens seinen Freund anruft, um sich nach dem Stand seiner Suchaktion zu erkundigen, muss er eine große Enttäuschung erleben. Der Journalist bedauert zutiefst, die publizistische Verwertbarkeit dieser literarischen Ausgrabung falsch eingeschätzt zu haben. Seine Recherchen hatten bisher alle damit geendet, dass die angefragten Institutionen – vor allem die führenden Fachorgane und leider auch die Tagespresse – nach eingehender Prüfung eine Publikation abgelehnt hatten mit der Begründung, ohne das Vorliegen der originalen Handschriften sei das Risiko einer Fälschung einfach zu hoch. Die Brandkatastrophe der Anna-Amalia-Bibliothek hat damit jeglicher Verwertung einen Riegel vorgeschoben und vor weitere Bemühungen den ultimativen Schlusspunkt gesetzt.

Von dieser Mitteilung ist Richard Sartorius endgültig entmutigt und beschließt, weitere Aktivitäten einzustellen. Er lässt sich die Eckermann-Protokolle wieder aushändigen und legt sie im Biedermeier-Sekretär ab. Dieser Akt hat fast etwas Feierliches an sich und hinterlässt bei ihm dieses Gefühl der Hilflosigkeit, wie er es von bewegenden Anlässen her wie dem Heimgang langjähriger Wegbegleiter kennt. Wie schon sein Vater, will auch er fortan versuchen, sich von der zwanghaften Erinnerung an den traurigen Verlust zu befreien. Als er dennoch eines Abends – Eckermanns Stehpult im Blick – in Gedanken nochmals dem tragischen Schicksal des literarischen Fundstücks nachhängt, kommt ihm angesichts aller Vergeblichkeit intuitiv der Schluss von Bertolt Brechts Lehrstück *Der gute Mensch von Sezuan* in den Sinn und dessen achselzuckendes Fazit:

Wir stehen selbst enttäuscht und sehn betroffen
den Vorhang zu und alle Fragen offen.

Anhang

Historische Persönlichkeiten im Text:

Achim von Arnim (1781-1831)
Schriftsteller

Prof. Johann Jakob Ebert (1737-1805)
Mathematiker und Philosoph

Dr. Johann Peter Eckermann (1792-1854)
Schriftsteller und Dokumentar

Dr. Adolph Ferdinand Gehlen (1775-1815)
Chemiker

Johann Wolfgang von Goethe (1749-1832)
Wirklicher Geheimrat und Dichter

Julius August Walther von Goethe (1789-1830)
Geheimer Kammerherr

Dr. Karl Gottfried Hagen (1749-1829)
Apotheker

Johann Wilhelm Hoffmann (1777-1859)
Hofbuchhändler

Prof. Immanuel Kant (1724-1804)
Philosoph

Prof. Christoph Meiners (1747-1810)
Professor für Weltweisheit

Friedrich Nicolai (1733-1811)
Buchhändler und Rezensent

Prof. Heinrich Eberhard Gottlob Paulus (1761-1851)
Philosoph und Theologe

Carl Heinrich Rahl (1779-1843)
Kupferstecher

Johann Gottfried Seume (1763-1810)
Schriftsteller

Zacharias Taurinius (1758- ?)
Reiseschriftsteller

C. F. Taurinius (1801- ?)
Autor / Pseudonym?

Seit dem 18. Jh. historisch verbürgte Verlage:

Friedrich Gotthold Jakobäer, Leipzig
Johann Christian Martini, Leipzig
Joachims Literarisches Magazin , Leipzig
Anton Doll, Wien

Alle übrigen namentlich aufgeführten Personen
sind fiktive Romanfiguren.

Bisher erschienen:

Zacharias Taurinius

Lebensgeschichte und Beschreibung der Reisen durch Asien, Afrika und Amerika des Zacharias Taurinius, eines gebornen Ägyptiers.

Nebst einer Vertheidigung gegen die wider ihn in verschiedenen gelehrten Zeitungen gemachten Ausfälle, vorzüglich in Rücksicht der unter dem Nahmen *Damberger* von ihm herausgebrachten Landreise durch Afrika.

Bearbeitet und mit einem Nachwort herausgegeben von
Reinhard Schreiber

Wehrhahn Verlag Hannover, 2014

ISBN 978-3-86525-343-9

*

69

Reinhard Schreiber

Die Lustreise

Nach den wirklichen Aufzeichnungen des
Kapitains Johannes Marschl aus Chlumetz von
einer Lustreise ins Riesengebirge 1871

Novelle

August von Goethe Verlag Frankfurt, 2015

ISBN 978-3-8372-1666-0

*

Reinhard Schreiber

Der Mann mit dem Turban

Eine Zeitreise ins Mittelalter
zu den Felsenkirchen Kappadokiens

Erzählung

August von Goethe Verlag Frankfurt, 2017

ISBN 978-3-8372-2021-6

*

Reinhard Schreiber

Die Dampflok auf dem Dachfirst

Engramme einer bewegten Kindheit

Erinnerungen an frühe Kindheitsjahre in der Nachkriegszeit

BoD Verlag Norderstedt, 2018

ISBN 9-783746-095738

*

Reinhard Schreiber

Jasons Reise

Die Wahrheit über das Goldene Vlies

Essay

BoD Verlag Norderstedt, 2018

ISBN 9-783748-107934

*

Reinhard Schreiber

Der Hochstapler

Fluchten und Wandlungen des
Friedrich Kronberg

Roman

BoD Verlag Norderstedt, 2019

ISBN 9-783750415287

*